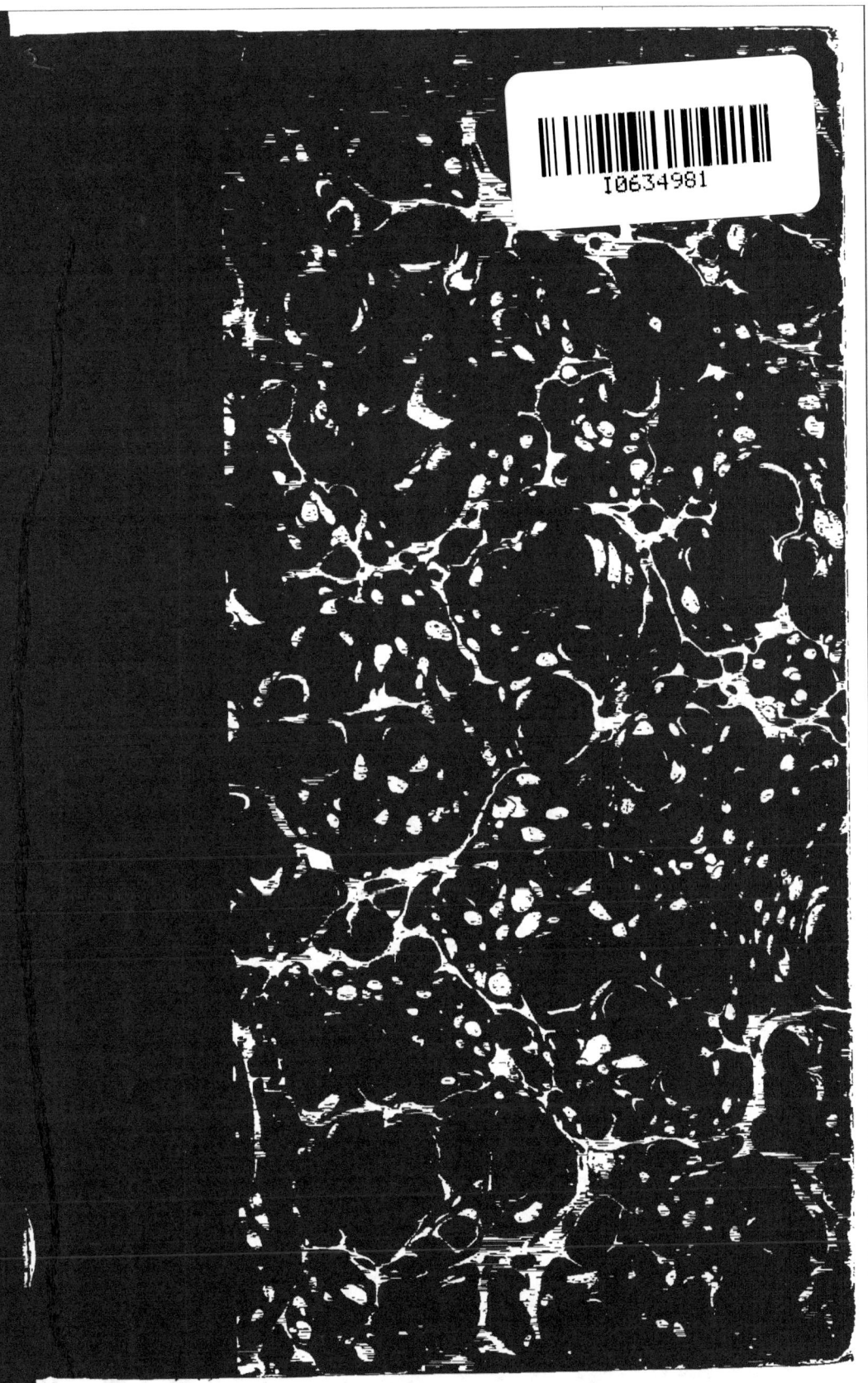

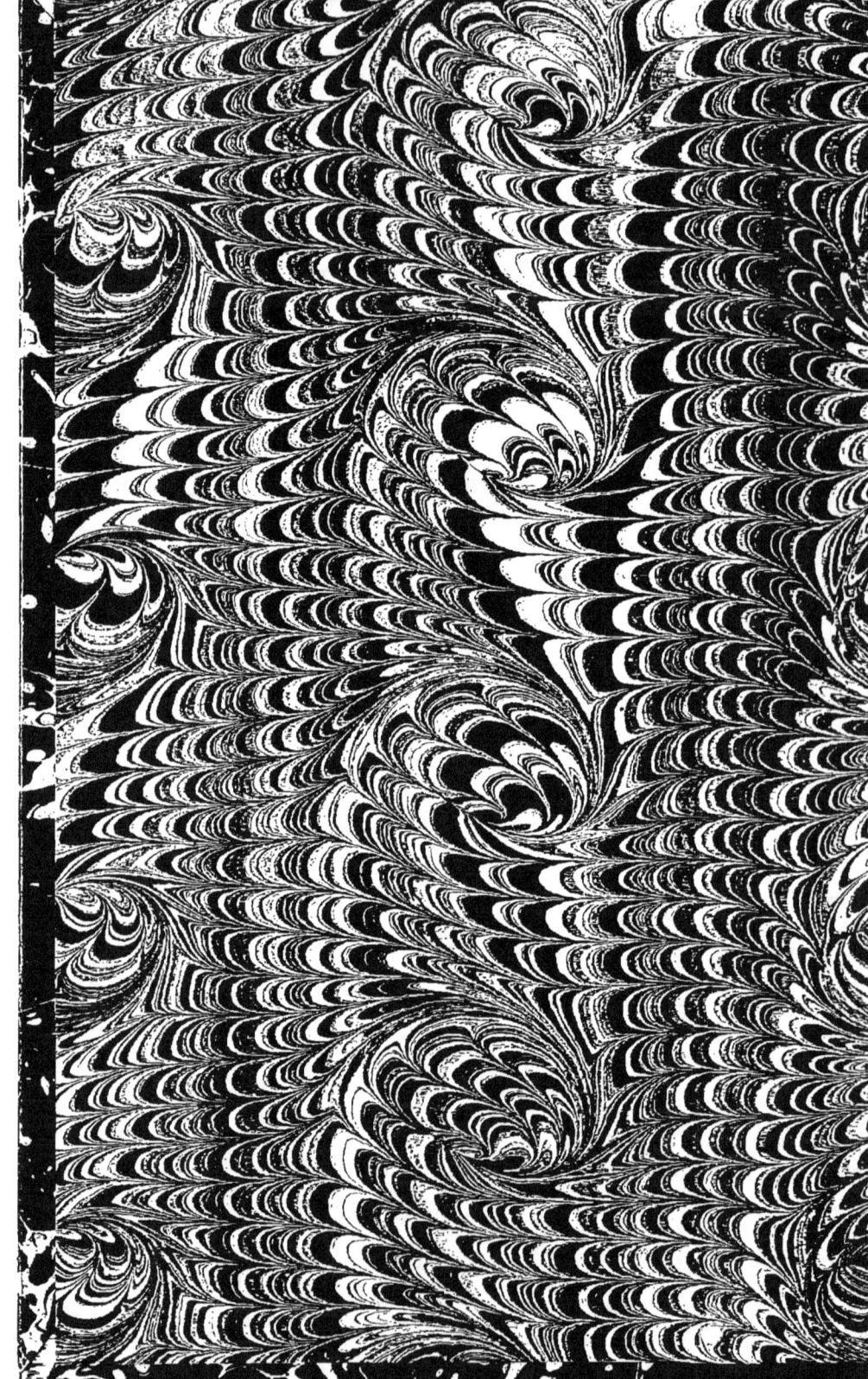

JUSTIFICATION DES TIRAGES DE LUXE

3 exempl. sur peau de vélin...............	nº 1 à 3
12 — sur papier du Japon.............	nº 4 à 15
15 — — de Chine.............	nº 16 à 30
20 — — teinté de Renage.....	nº 31 à 50
50 — — Whatman............	nº 51 à 100

EAUX-FORTES PAR DE MALVAL

LA
COUR ET LA VILLE
AU
XVIIIᵉ SIÈCLE

ADOLPHE JULLIEN

De Malval sculp   Ed Rouveyre Edit   Imp Cadart, Paris

LA VILLE

ET

LA COUR

AU

XVIIIᵉ SIÈCLE

Mozart — Marie-Antoinette — Les Philosophes

PAR

ADOLPHE JULLIEN

PARIS

LIBRAIRIE ANCIENNE ET MODERNE

ÉDOUARD ROUVEYRE
1, rue des Saints-Pères, 1

1881

A MON AMI

LÉON BARDIN

AVANT-PROPOS

'ÉTAIT entre la Ville et la Cour, ces deux éléments de la vie active au siècle dernier, une défiance instinctive, une hostilité sourde et qui perçait sur les sujets les plus futiles, une petite guerre incessante de contradictions mesquines et d'aigres discussions. C'est que de graves dissentiments politiques et sociaux couvaient sous la cendre et que l'esprit public, encore trop maté pour risquer le grand combat, ne cherchait qu'occasions de s'escrimer et de ferrailler. L'art servait de dérivatif à la *politique : le théâtre et la musique surtout, ces deux branches de l'art où le nombre fait plus facilement loi.*

La Cour écoute le Cid, *de Sacchini, et s'en montre assez peu satisfaite, encore toute ravie qu'elle est des beautés de* Didon, *entendue la surveille ;* le Cid, *devenu* Chimène, *arrive à l'Opéra, et la Ville d'accentuer son approbation en raison inverse des réserves de la Cour. On chante à Fontainebleau le* Thémistocle, *de Philidor, et l'assemblée applaudit ; qu'on le risque à Paris et le public, exagérant sa défiance en proportion, ne le laissera pas jouer plus de trois fois. Dans les deux cas, la Ville avait raison contre la Cour.*

Pénélope *avait, au moins aux répétitions, enchanté les amateurs de la Ville, et les connaisseurs de la Cour lui font un accueil glacial. En ce même automne de 1785, on rejoue à Fontainebleau le* Dardanus, *de Sacchini, que Paris avait dédaigné, et la Cour l'accueille avec des bravos enthousiastes. Dans les deux cas, la Cour avait raison contre la Ville.*

Mais les choses allaient de telle sorte en cette époque agitée et déjà toute troublée d'as-

pirations révolutionnaires que la Cour, alors même qu'elle se prononçait en second et qu'elle jugeait bien, semblait toujours recevoir leçon de la Ville et confesser ses torts. C'était déjà la lutte des petites gens, fortes de leur nombre, contre les classes privilégiées; c'était la foule affirmant ses prétentions à connaître de tout et à tout juger.

Du côté de la Cour, Marie-Antoinette, qui couvrait volontiers les musiciens de sa protection, les servit mieux à elle seule par ses généreux encouragements, que ne firent tous les philosophes et beaux esprits de la Ville par tant d'articles passionnés et de déclamations souvent vides de sens. En savait-on le moindre gré à la reine dans le camp littéraire, et la postérité lui attribue-t-elle seulement la moitié des chefs-d'œuvre qu'elle a su faire éclore ou qu'elle osa patronner ?

Au temps passé, il semblait qu'elle sortît de son rôle de souveraine en cherchant à distinguer les artistes de talent ou de génie, en les soutenant avec vaillance; et ceux-là mêmes qui se passionnaient si fort pour la musique reprochaient en dessous à la reine son zèle et sa *chaleur d'opinion. Au temps présent, on ne soupçonne même plus le bien qu'elle a fait, tant ces écrivains et disputeurs, à force d'écrire et de crier, ont accaparé ces musiciens et leur gloire à leur propre profit. C'est que la reine était seule et qu'ils étaient en nombre, c'est qu'ils représentaient la Ville et qu'elle personnifiait la Cour.*

Et la Cour fut vaincue en ce duel qui dura tout un siècle : autant dire, n'est-ce pas ? que la Ville avait raison sur tous les points. Il n'est pire tort que la défaite aux yeux de l'impartiale postérité.

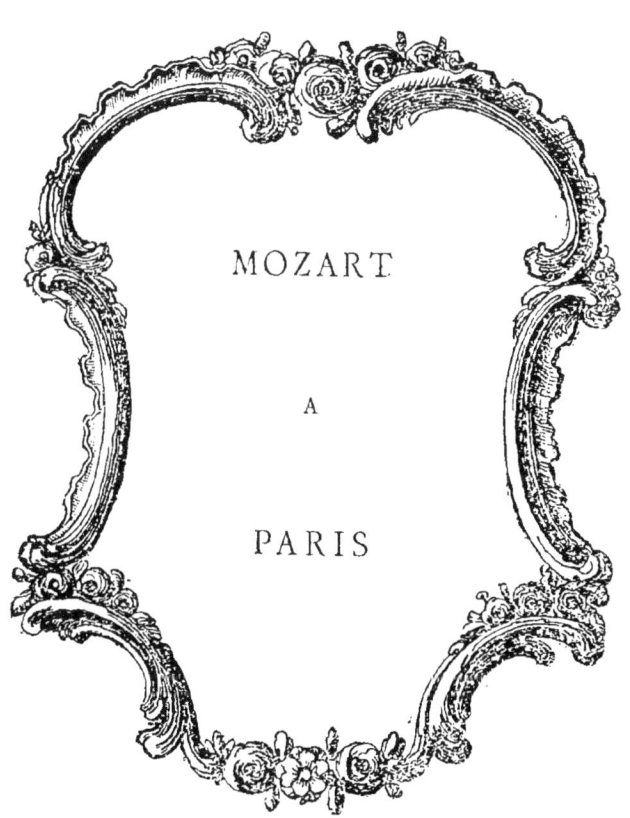

MOZART

A

PARIS

I

PREMIER VOYAGE EN FRANCE (1763-64)

ET RETOUR D'ANGLETERRE (1766)

ERS midi, le 18 novembre 1763, quatre voyageurs arrivaient à Paris et se faisaient conduire à l'hôtel de Beauvais, rue Saint-Antoine *, résidence du comte d'Eyck, envoyé extraordinaire de l'Électeur de Bavière, qui habitait ce magnifique hôtel, construit par madame de Beauvais, la galante femme de chambre d'Anne d'Autriche, et qui avait profité de ses franchises

---

* Aujourd'hui rue François-Miron, nº 68. Voir sur cet hôtel et ses différents propriétaires la notice de M. Jules Cousin, bibliothécaire de la ville de Paris.

d'ambassadeur pour établir dans sa demeure une académie de jeux. Le chef de cette famille étrangère qui
arrivait d'outre-Rhin était un homme instruit, artiste
de mérite, ancien valet-musicien au service du comte
de Thun, présentement deuxième maître de chapelle
à l'évêché de Salzbourg. Léopold Mozart amenait avec
lui sa femme, Anne-Marie Pertlin, et ses deux enfants,
les seuls survivants des six qu'il avait eus : une fille
âgée de douze ans, Marie-Anne, et un garçon, Wolfgang, qui allait entrer dans sa neuvième année.

A l'automne précédent, le père de famille avait
décidé de conduire dans les principales villes d'Europe
ses deux bambins, qui avaient, dès l'âge le plus tendre,
montré des dispositions surprenantes pour la musique.
Il avait entrepris ces voyages dans le double but d'augmenter un peu sa modeste fortune et de développer le
talent de ses enfants, en leur procurant les conseils des
plus célèbres compositeurs. Il les conduisit d'abord à
Munich, où ils charmèrent la cour de l'Électeur de Bavière, puis à Vienne, où le petit Woferl obtint beaucoup de succès. Chacun voulait entendre les jeunes
virtuoses, les invitations se multipliaient, les grands
seigneurs venaient tous frapper à la porte des voyageurs et se disputaient le plaisir de les recevoir. « On
nous engage quatre, cinq, six et huit jours d'avance,
écrit Léopold Mozart avec un plaisant amour-
propre, afin de ne pas arriver trop tard. » La
cour désira connaître ces enfants merveilleux. L'empereur François Iᵉʳ les reçut avec une bonté affec-
tueuse, l'impératrice Marie-Thérèse prit le petit bonhomme sur ses genoux et le combla de caresses.

Woferl se laisse-t-il tomber sur le parquet du palais, la jeune archiduchesse Marie-Antoinette vient à son secours et lui donne un bon baiser, douce réponse à cette naïve question de l'enfant : « Vous êtes bien bonne, vous, voulez-vous m'épouser ? » Au commencement de janvier 1763, Léopold Mozart ramena sa famille à Salzbourg, et employa l'hiver à fortifier le talent naissant de son fils par un travail assidu, puis il entreprit au mois de juin un long voyage hors d'Allemagne. Il s'arrêta d'abord à Wasserbourg, à Francfort, à Munich, où ses enfants retrouvèrent la vogue de l'an passé, puis à Augsbourg, à Mayence, à Bruxelles, où leur concert excita un vif enthousiasme, et il arriva enfin à Paris, où il descendit chez le comte d'Eyck ; il devait cette faveur aux recommandations de la famille de la comtesse d'Eyck, fille du comte d'Arco, grand chambellan de la cour de Salzbourg.

Voici nos voyageurs installés dans ce Paris du siècle dernier, dans cette ville folle, où les plaisirs, fêtes, bals, soupers, concerts et spectacles étaient les seuls soucis des gens du bel air. Comment un pauvre maître de chapelle allemand, escorté de sa famille, pourra-t-il se faire la moindre place dans cette société élégante et débauchée ? Il a bien quelques lettres de recommandation... Dès le lendemain de son arrivée, il court chez madame de Villeroi, chez la comtesse de Lillebonne, mais un deuil de cour l'empêche d'être admis à Versailles. Il faut attendre. Il songe alors à une lettre que lui avait donnée un négociant de Francfort et va frapper à la porte de

M. Grimm. Celui-ci accueillit avec empressement cette
famille d'artistes compatriotes, et consacra aussitôt
quelques lignes de sa correspondance à célébrer les
mérites des petits musiciens.

1er décembre 1763.

Les vrais prodiges sont assez rares pour qu'on en
parle quand on a occasion d'en voir un. Un maître
de chapelle de Salzbourg, nommé *Mozart*, vient d'arriver ici avec deux enfants de la plus jolie figure du
monde. Sa fille, âgée de onze ans, touche le clavecin
de la manière la plus brillante ; elle exécute les plus
grandes pièces et les plus difficiles avec une précision
à étonner. Son frère, qui aura sept ans au mois de février prochain, est un phénomène si extraordinaire
qu'on a de la peine à croire ce qu'on voit de ses yeux
et ce qu'on entend de ses oreilles. C'est peu pour cet
enfant d'exécuter avec la plus grande précision les
morceaux les plus difficiles avec des mains qui peuvent
à peine atteindre la sixte ; ce qui est incroyable, c'est
de le voir jouer de tête pendant une heure de suite, et
là s'abandonner à l'inspiration de son génie et à une
foule d'idées ravissantes qu'il sait encore faire succéder
les unes aux autres, avec goût et sans confusion. Le
maître de chapelle le plus consommé ne saurait être
plus profond que lui dans la science de l'harmonie et
des modulations qu'il sait conduire par les routes les
moins connues, mais toujours exactes. Il a un si grand
usage du clavier, qu'on le lui dérobe par une serviette
qu'on étend dessus, et il joue sur la serviette avec la
même vitesse et la même précision. C'est peu pour lui
de déchiffrer tout ce qu'on lui présente ; il écrit et compose avec une facilité merveilleuse, sans avoir besoin
d'approcher du clavecin et de chercher ses accords Je
lui ai écrit de ma main un menuet et l'ai prié de me

mettre la basse dessous ; l'enfant a pris la plume, et, sans approcher du clavecin, il a mis la basse à mon menuet. Vous jugez bien qu'il ne lui coûte rien de transposer et de jouer l'air qu'on lui présente, dans le ton qu'on exige ; mais voici ce que j'ai encore vu, et qui n'est pas moins incompréhensible. Une femme lui demanda l'autre jour s'il accompagnerait bien d'oreille et sans la voir, une cavatine italienne qu'elle savait par cœur ; elle se mit à chanter. L'enfant essaya une basse qui ne fut pas absolument exacte, parce qu'il est impossible de préparer d'avance l'accompagnement d'un chant qu'on ne connaît pas ; mais, l'air fini, il pria la dame de recommencer, et, à cette reprise, il joua non-seulement de la main droite tout le chant de l'air, mais il mit, de l'autre, la basse sans embarras ; après quoi il pria dix fois de suite de recommencer, et, à chaque reprise, il changea le caractère de son accompagnement ; il l'aurait fait répéter vingt fois si on ne l'avait fait cesser. Je ne désespère pas que cet enfant ne me fasse tourner la tête, si je l'entends encore souvent ; il me fait concevoir qu'il est difficile de se garantir de la folie en voyant des prodiges. Je ne suis pas étonné que saint Paul ait eu la tête perdue après son étrange vision. Les enfants de M. Mozart ont excité l'admiration de tous ceux qui les ont vus. L'empereur et l'impératrice-reine les ont comblés de bonté ; ils ont reçu le même accueil à la cour de Munich et à la cour de Manheim. C'est dommage qu'on se connaisse si peu en musique dans ce pays-ci. Le père se propose de passer d'ici en Angleterre, et de ramener ensuite ses enfants par la partie inférieure de l'Allemagne *.

* Inutile de démolir pièce par pièce certaine fantaisie romanesque intitulée : *Premier voyage de Mozart à Paris*, signée : É. Fétis, et publiée dernièrement dans un supplément littéraire du *Figaro*. On donne à la famille Mozart comme introducteur auprès de Grimm

Grimm se fit un plaisir de produire, de protéger ces aimables enfants. Il les appuya de son crédit auprès de ses amis, d'Holbach, d'Alembert, madame d'Épinay, et les introduisit dans les principaux salons de la capitale. Enfin la cour quitta le deuil et les voyageurs purent se présenter à Versailles. Ils y arrivèrent la veille de Noël, juste à point pour assister dans la chapelle royale à la messe de minuit et aux trois saintes messes. « J'entendis une bonne et une mauvaise musique, écrit Léopold Mozart. Tout ce qui se chantait par une voix seule, et devait ressembler à un air, était vide, froid, misérable, par conséquent français. Mais les chœurs sont tous bons et très bons. Aussi ai-je été tous les jours avec mon petit homme à la messe de la chapelle pour y entendre les chœurs des motets qu'on y exécute. »

La famille de Mozart passa une quinzaine de jours à Versailles Les lettres de Léopold Mozart ne contiennent, au sujet de la réception faite à ses enfants, que des renseignements assez peu précis ; ils peuvent pourtant donner idée de l'enthousiasme que les bambins excitèrent à la cour de France. Sitôt qu'ils arrivaient, les filles du roi, mesdames Adélaïde et Victoire, ou la dauphine, Marie-Josèphe de Saxe, « s'arrêtaient, les caressaient et s'en faisaient embrasser mille et mille fois. » Les enfants se firent entendre devant toute la cour, et Wolfgang, dont le talent sur l'orgue était peut-

un secrétaire de l'archevêque de Salzbourg ; on la fait descendre en un hôtel quelconque de la rue Saint-Martin, on fait commencer les représentations de l'Opéra dans la salle des Machines, aux Tuileries, avant janvier 1764 ; on dit que cette salle avait deux rangs de loges au lieu de trois, — et cent autres fariboles *ejusdem farinæ*.

être encore plus estimé que sur le clavecin, toucha de l'orgue à la chapelle du château. « Ce qui a paru le plus extraordinaire à messieurs les Français, écrit son père, c'est que, au *grand couvert* qui a lieu dans la nuit du nouvel an, non-seulement on nous fit place à tous près de la table royale, mais monseigneur *Wolfgangus* dut se tenir tout le temps près de la reine, lui parla constamment, lui baisa les mains et mangea à côté d'elle les mets qu'elle daignait lui faire servir. La reine parle aussi bien l'allemand que nous. Comme le roi n'en comprend pas un mot, la reine lui traduisait tout ce que disait notre héroïque Wolfgang. Je me tenais près de lui. De l'autre côté du roi, où étaient assis monsieur le dauphin et madame Adélaïde, se tenaient ma femme et ma fille. »

Les petits prodiges furent aussi présentés à la favorite, la protectrice éclairée des gens de lettres et des artistes. « Vous voudriez bien savoir, n'est-ce pas, quelle mine a madame la marquise de Pompadour ? Elle est grande, de belle taille, grasse, assez forte, mais bien proportionnée, blonde et a dans les yeux quelque ressemblance avec Sa Majesté l'impératrice. » La marquise ne se prêta pas aussi facilement que d'autres aux aimables caresses de Wolfgang, si nous en croyons certaine anecdote que Nanerl aimait à raconter dans sa vieillesse. Son frère, étant un jour à table chez la marquise, voulut l'embrasser, et celle-ci s'y refusant : « Pourquoi donc ne veut-elle pas m'embrasser ? L'impératrice Marie-Thérèse m'a bien embrassé ! » s'écria Woferl tout dépité et déjà froissé dans son naissant amour-propre.

2

Quinze jours s'étaient écoulés depuis leur arrivée à Versailles (on était au commencement de janvier 1764), que nos voyageurs avaient déjà dépensé plus de douze louis. « Peut-être trouverez-vous que c'est trop et ne le comprendrez-vous pas ? écrit Léopold Mozart à madame Hagenauer. Mais, à Versailles, il n'y a ni *carrosses de remise,* ni fiacres : il n'y a que des chaises à porteurs. Chaque course coûte douze sous : et comme bien souvent nous avons eu besoin sinon de trois, au moins de deux chaises, nos transports nous ont coûté un *thaler* par jour, et plus, car il fait toujours mauvais temps. Ajoutez à cela quatre habits noirs neufs, et vous ne serez plus étonnée que notre voyage de Versailles nous revienne à 26 ou 27 louis. Nous verrons quel dédommagement nous en reviendra de la cour.» Jusqu'alors, la recette était bien maigre, ils n'avaient encore recueilli que des cadeaux ou des colifichets. La comtesse de Tessé avait donné « à maître Wolfgang une tabatière en or et une montre en argent, toute petite mais fort précieuse; à Nanerl, un bel étui à cure-dents en or. » Une autre dame leur avait offert un petit bureau de voyage en argent et une tabatière d'écaille incrustée d'or ; une troisième, une bague avec camée; d'autres, des nœuds d'épée, des manchettes, des fleurs, des mouchoirs, bref, une foule de bagatelles, mais pas la moindre pièce d'argent monnayé.

Léopold Mozard était trop absorbé par ses minutieux comptes de recettes et surtout de dépenses, pour prêter une attention soutenue à la musique qu'il entendait chez nous; mais il ne se tient pas de la juger, et il le fait avec une précipitation et une légèreté extrêmes.

« Il y a ici, dit-il en deux mots, une guerre incessante entre la musique française et l'italienne. Toute la musique française ne vaut pas le diable. Mais il s'opère de grands changements. Les Français commencent à tourner, et dans dix ou quinze ans, je l'espère, le goût français aura fait complétement volte-face. » Ce qui le préoccupe surtout, c'est la musique de chambre, par la bonne raison que son fils commençait à s'y exercer. « Les Allemands sont les maîtres par les œuvres qu'ils publient. On compte parmi eux, MM. Schoberth, Eckard, Hannauer, pour le clavecin; MM. Hochbrucker et Mayr, pour la harpe. Ils sont fort aimés. M. Legrand, un claveciniste français, a complétement changé son style, et ses sonates sont dans le genre allemand. Tous ces artistes nous ont apporté leurs morceaux gravés et les ont offerts à mes enfants. » Léopold Mozart disait vrai, mais il a tort de ne pas ranger parmi les maîtres de la musique instrumentale, Gossec, qui avait donné l'essor à la symphonie de France. Peut-être que le célèbre musicien n'avait pas daigné faire hommage de ses compositions aux enfants du maître de chapelle allemand.

Mais Wolfgang lui-même avait quatre belles sonates chez le graveur. Avec quelle complaisance son père se flatte de le voir bientôt servir dans une cour d'Allemagne... s'il plaît à Dieu ! Comme il s'extasie sur les talents précoces de son fils et de sa fille, comme leurs progrès le transportent de joie ! « Les maîtres, à son dire, ne peuvent dissimuler leur basse jalousie et se rendent par là tout à fait ridicules. » Mais, au milieu de ces riants projets d'avenir, la maladie vient frapper les deux

enfants, et aussitôt Léopold Mozart mande à M. Hagenauer de faire dire quatre messes à Maria-Plaïn et une
à l'Enfant-Jésus, pour obtenir la guérison des bambins. Ils furent forcés de rester au lit plusieurs jours,
mais ils se relevèrent juste à temps pour entreprendre
un second voyage à Versailles.

Une affaire de la plus haute importance aux yeux de
Léopold Mozart s'agitait à cette heure. Il s'agissait de
faire agréer à deux puissantes dames la dédicace des
quatre sonates de Wolfgang, les premières qu'il ait
composées. Déjà, le duc d'Ayen, celui-là même qui,
en apprenant la nomination de M. de Maupeou comme
vice-chancelier, avait dit : « Je ne vois dans tout cela
qu'un vice de plus dans l'État ! » était parvenu à présenter l'œuvre I des sonates à madame Victoire, la
deuxième fille survivante du roi. L'œuvre II avait été
offert à madame de Tessé, mais elle avait refusé
d'agréer la dédicace que Grimm avait composée en son
honneur. « Il faut la changer, elle ne veut pas être
louée ; » écrit Léopold, et voilà Grimm forcé de refaire
cette malencontreuse épître. A en juger par la seconde,
que devait être la première ? Sous le voile de la modestie, cette noble dame jouait presque le même jeu que
cette femme de cour dont parle Lesage dans son *Diable
boiteux*, qui, ayant permis qu'on lui dédiât un ouvrage,
en voulut voir la dédicace avant qu'on l'imprimât,
et ne s'y trouvant pas louée à son gré, prit la
peine d'en composer une de sa façon et de l'envoyer à
l'auteur pour la mettre en tête de l'ouvrage *.

---

* On trouvera les hommages et les titres exacts de ces sonates dans
les lettres de Mozart, traduites par l'abbé Goschler. Nous croyons

Le temps s'écoulait et le prudent Léopold attendait toujours cadeaux et salaires. « Nous avons bien ensemencé, nous espérons une bonne récolte... Mais, comme ici, plus que dans toute autre cour, les choses vont un train d'escargot, et que ces sortes d'affaires dépendent des Menus-Plaisirs, il faut prendre patience. » Cependant la maladie des enfants lui avait fait perdre au moins douze louis d'or, et il hâtait de tous ses vœux le moment où il pourrait remettre deux cents louis à son banquier pour les envoyer à Salzbourg. Enfin, M. d'Hébert, le trésorier des Menus, fit tenir à Wolfgang, de la part du roi, quinze louis et une tabatière en or; puis, une soirée donnée le 10 mars rapporta cent douze louis : c'était le commencement de la récolte.

Les deux enfants étaient alors dans tout l'éclat de leur naissante renommée. Peintres et graveurs s'empressaient à reproduire leurs traits *; les dames en

inutile de les reproduire, mais voici l'annonce insérée dans les *Affiches de Paris* du 9 avril 1764 : « 1° *Sonates pour le clavecin*, avec accompagnement de violon, dédiées à madame *Victoire de France;* 2° *Autres sonates pour le clavecin*, avec accompagnement de violon, dédiées à madame la comtesse *de Tessé*, composées, les unes et les autres, par *J. G. Wolfgang Mozart*, de Salzbourg, âgé de sept ans, et dont les talens font l'étonnement de tout Paris. Chez l'auteur, rue Saint-Antoine, hôtel de Beauvais ; chez le portier d'une maison, rue Neuve-du-Luxembourg, la troisième porte à gauche par la rue Saint-Honoré; et aux adresses ordinaires de musique. »

* Chacun connaît la gravure que Léopold Mozart décrit, dans sa lettre du 1er avril : « M. de Méchel, un graveur, travaille à force à nos portraits peints par un amateur, M. de Carmontelle. Wolfgang joue du piano, moi, derrière lui, du violon; Nanerl s'appuie d'une main sur le piano, et tient, dans l'autre, un morceau de musique, comme si elle allait chanter. » Mozart est encore représenté jouant du clavecin dans un tableau moins connu, mais plus précieux pour l'histoire

raffolaient; grands seigneurs, financiers, artistes, littérateurs, magistrats, faisaient fête à ces gentils enfants
qui avaient su conquérir tous les cœurs par leurs grâces et leurs talents ; le moment du départ approchait,
l'heure était donc propice pour organiser un grand
concert où se presseraient toutes les personnes curieu-
ses d'entendre une dernière fois Woferl et Nanerl.
Mais où donner ce concert, comment obtenir la permission nécessaire, faveur insigne qui portait atteinte
aux priviléges de l'Opéra, du Théâtre-Français, du
Concert-Spirituel et de la Comédie Italienne ? Il est
une salle chez M. Félix, rue et porte Saint-Honoré, où
se réunissent quelques membres de la noblesse pour
jouer la comédie. Madame de Clermont ne demeure-
t-elle pas dans le même hôtel ? elle obtiendra la salle
désirée. Le lieutenant de police, M. de Sartines, peut
seul accorder cette permission exceptionnelle ? le duc
de Chartres, M. de Duras, le comte de Tessé et plusieurs dames de haut parage se mettent en campagne
pour l'obtenir : ce fut Grimm qui l'enleva de haute
lutte. On annonça aussitôt deux concerts d'adieux. Le
premier fut donné à la grande satisfaction de Léopold
Mozart, qui se félicite, dans une lettre, du résultat
obtenu. Pour le second, il est très probable qu'il eut
lieu, mais on n'en a pas de preuve précise.

Dans quelques jours, la famille Mozart va s'exposer
aux hasards d'un voyage en mer, elle va traverser la

des mœurs et des lettres au dix-huitième siècle. Il est d'Olivier et fut
exposé au Salon de 1777. Longtemps conservé au musée de Versailles, sous le titre de : *le Thé à l'anglaise dans le salon des Quatre-
Glaces, au Temple*, il se trouvait en dernier lieu au Louvre, dans la
salle qui fait suite à la galerie Lacaze. On l'en a retiré récemment.

Manche pour gagner l'Angleterre. Aussi Léopold recommanda-t-il bien à son ami Hagenauer de faire dire huit messes à l'Enfant-Jésus, à Lorette, à Notre-Dame, à partir du 17 avril et pendant huit jours de suite. « Si ma lettre, contre toute attente, devait vous parvenir après le 12 avril, faites, je vous prie, commencer dès le lendemain, nous avons de graves motifs pour cela. » Il s'agit, en effet, de protéger leur traversée et leurs débuts en Angleterre. Il quitte la France avec toute sa famille ; mais, avant de partir, il veut témoigner encore une fois de toute sa reconnaissance envers leur protecteur et il le fait dans des termes qui prouvent que Grimm n'avait pas obligé un ingrat. « Ce monsieur Grimm, mon grand ami, qui a tout fait ici pour nous, est secrétaire du duc d'Orléans ; c'est un homme instruit et un grand philanthrope. Aucune des lettres que j'avais pour Paris ne m'aurait absolument servi à rien, ni les lettres de l'ambassadeur de France à Vienne, ni l'intervention de l'ambassadeur de l'Empereur à Paris, ni les recommandations du ministre de Bruxelles, comte de Cobenzl, ni celles du prince de Conti, de la duchesse d'Aiguillon, ni toutes celles dont je pourrais faire une litanie ! M. Grimm, seul, pour qui j'avais une lettre d'un négociant de Francfort, a tout fait ! C'est lui qui nous a introduits à la cour ; c'est lui qui a soigné notre premier concert. A lui seul, il m'a placé trois cent vingts billets, c'est-à-dire pour quatre-vingts louis ! il nous a valu de ne pas payer l'éclairage : il y avait plus de soixante bougies ! c'est lui qui nous a obtenu l'autorisation pour le premier concert et pour un deuxième, dont déjà cent billets

sont placés. Voilà ce que peut un homme qui a du bon
sens et un bon cœur ! »

La famille Mozart débarqua en Angleterre le
22 avril 1764. Wolfgang, présenté à la cour, joua
de l'orgue devant le roi Georges III, et exécuta à première vue des morceaux de Bach et de Hændel. Après
un séjour de quinze mois, durant lesquels il avait
donné plusieurs concerts et composé six nouvelles
sonates pour clavecin, avec accompagnement de violon ou de flûte-traversière, « très-humblement dédiées
à S. M. Charlotte, reine de la Grande-Bretagne, »
Mozart et sa famille quittaient l'Angleterre, non sans
y laisser une impression profonde. Ils débarquèrent à
Calais et se rendirent en Hollande. A peine arrivés à
la Haye, les deux enfants tombèrent gravement mala-
des : il fallut attendre quatre mois avant de pouvoir
aller donner deux concerts à Amsterdam. Wolfgang
composa alors ses six sonates avec accompagnement de
violon, qu'il dédia à la princesse de Nassau-Weilburg,
et qu'il fit entendre au prince d'Orange. Malheureusement les bénéfices recueillis en Hollande étaient trop
médiocres pour payer les frais du voyage et les dépenses de la maladie. Léopold Mozart pensa qu'il serait
« trop difficile pour ses enfants et pour sa bourse de
rentrer tout droit à Salzbourg, » et il décida de revenir à Paris. « Il y en a plus d'un, ajoute-t-il finement,
qui devra contribuer à nos frais et qui n'y pense guère
à ce moment. »

La famille voyageuse rentrait en France au mois de
mai 1766 et venait loger chez Grimm, au coin de la
Chaussée-d'Antin. Elle retrouva à Paris une égale

faveur et fut par deux fois conviée à la cour : chaque séjour à Versailles était un temps de fête pour les enfants et les jeunes princesses. Léopold Mozart, de son côté, recevait les visites les plus flatteuses. « Nous avons eu l'honneur de recevoir chez nous le prince héréditaire de Brunswick. C'est un homme fort agréable, un aimable et beau cavalier ; dès son entrée il m'a demandé si j'étais l'auteur de la méthode de violon. » Ainsi parle Léopold Mozart avec la fatuité d'un auteur tout fier du moindre compliment qu'on lui adresse. Il ne reste de cette époque qu'un seul document ayant trait à Mozart et à sa sœur : c'est une lettre écrite de Paris, sans nom d'auteur, mais qu'on peut attribuer presque sûrement à Grimm. L'auteur, en effet, par sa première phrase, semble vouloir se rattacher à une lettre antérieure (comme celle du 1er décembre 1763) et, de plus, Grimm seul était assez au courant des affaires de la famille Mozart pour avoir sur elle des renseignements aussi précis.

Nous venons de revoir les deux aimables enfants de M. Mozart, maître de chapelle du prince archevêque de Salzbourg, qui ont eu un si grand succès pendant leur séjour à Paris, en 1764. Leur père, après avoir passé dix-huit mois en Angleterre et six en Hollande, vient de les reconduire ici pour s'en retourner à Salzbourg. Partout où ils ont fait quelque séjour, ils ont réuni tous les suffrages et causé de l'étonnement aux connaisseurs. Mademoiselle Mozart, âgée maintenant de quinze ans, d'ailleurs fort embellie, a la plus belle et la plus brillante exécution sur le clavecin ; il n'y a que son frère qui puisse lui enlever les suffrages. Cet enfant merveilleux a actuellement neuf ans, il n'a

3

presque pas grandi ; mais il a fait des progrès prodigieux dans la musique. Il était déjà compositeur et
auteur de sonates il y a deux ans ; il en a fait graver
six depuis ce temps-là à Londres pour la reine de la
Grande-Bretagne ; il en a publié six autres en Hollande
pour madame la princesse de Nassau-Weilbourg ; il a
composé des symphonies à grand orchestre qui ont été
exécutées et généralement applaudies ; il a même écrit
plusieurs airs italiens et je ne désespère pas qu'avant
qu'il ait atteint l'âge de douze ans, il n'ait déjà fait
jouer un opéra sur quelque théâtre d'Italie. Ayant
entendu Manzoli à Londres, pendant tout un hiver, il
en a si bien profité que, quoiqu'il ait la voix excessive-
ment faible, il chante avec autant de goût que d'âme.
Mais ce qu'il y a de plus incompréhensible, c'est cette
profonde science de l'harmonie et de ses passages les
plus cachés qu'il possède au suprême degré et qui a fait
dire au prince héréditaire de Brunswick, juge très com-
pétent en cette matière, comme en beaucoup d'autres,
que les maîtres de chapelle consommés dans leur art
mouraient sans avoir appris ce que cet enfant fait à
neuf ans. Nous lui avons vu soutenir des assauts pendant une heure et demie de suite avec des musiciens
qui suaient à grosses gouttes et avaient toutes les pei-
nes du monde à se tirer d'affaire avec un enfant qui
quittait le combat sans être fatigué. Je l'ai vu, sur l'orgue, dérouter et faire taire des organistes qui se
croyaient fort habiles. A Londres, Bach le prenait
entre ses genoux et ils jouaient ainsi de tête, alternativement sur le même clavecin, deux heures de suite, en
présence du roi et de la reine. Il a subi la même épreuve
avec M. Raupach, habile musicien, qui a été longtemps
à Pétersbourg et qui improvise avec une grande supériorité. On pourrait s'entretenir longtemps de ce phénomène singulier. C'est d'ailleurs une des plus aimables créatures qu'on puisse voir, mettant à tout ce

qu'il dit et ce qu'il fait de l'esprit et de l'âme avec la grâce et la gentillesse de son âge. Il rassure même par sa gaieté contre la crainte qu'un fruit aussi précoce ne tombe avant sa maturité. Si ces enfants vivent, ils ne resteront pas à Salzbourg. Bientôt les souverains se disputeront à qui les aura. Le père est non seulement un habile musicien, mais un homme de sens et d'un bon esprit, et je n'ai jamais vu un homme de sa profession réunir à son talent tant de mérite.

Les voyageurs ne faisaient alors que passer à Paris ; mais, retenus par les réceptions et les fêtes, et aussi par le désir d'augmenter leur modeste pécule, ils étaient déjà restés parmi nous plus longtemps qu'ils n'en avaient l'intention lors de leur arrivée. Deux mois s'étaient écoulés depuis leur retour d'Angleterre : leur départ fut fixé au 7 juillet. Ils se dirigèrent d'abord sur Dijon, où les conviait le prince de Condé à cause de la réunion des états de Bourgogne, puis sur Lyon, où quatre semaines furent bien vite passées.

Ils évitèrent Genève, qui était alors « en grande agitation, » mais, se trouvant presque sur la route, ils poussèrent jusqu'à Ferney pour faire visite à Voltaire. Une lettre de Damilaville, grand ami des philosophes en général et de Voltaire en particulier, devait leur donner accès auprès du patriarche. Hélas ! Mme Denis était souffrante et Voltaire gardait le lit depuis plusieurs semaines ; si bien que la belle lettre de Damilaville demeura sans effet. « Comment vouliez-vous, lui répondait Voltaire le 7 novembre suivant, que je visse votre jeune joueur de clavecin ? Mme Denis était ma-

lade ; il y a plus de six semaines que je suis au lit. Ah !
nous sommes loin des fêtes *. »

Huit jours d'arrêt à Berne ; quinze à Zurich, dont le
séjour leur fut rendu agréable et très profitable par les
frères Gesner, deux savants : l'un orientaliste, l'autre
naturaliste ; quatre jours à Schaffouse, et douze à
Donaueschingen, où le prince de ce nom leur donna
vingt-quatre louis, plus une bague en diamant à chacun des enfants ; encore quelques arrêts moins longs
en différentes villes d'Allemagne, et les quatre voyageurs rentraient enfin à Salzbourg en novembre
1766, après une absence de trois années. Ce long
voyage n'avait pas été sans exercer une heureuse
influence sur le développement du génie de Mozart.
Sitôt de retour, il se mit au travail ; il passa toute
l'année 1767 à s'exercer, à étudier sérieusement des
maîtres tels qu'Emmanuel Bach, Hændel, Hasse,
Scarlatti. Le virtuose allait devenir créateur. Le prodige disparaissait pour faire place au grand musicien.

* Ce curieux passage de la *Correspondance générale* de Voltaire
a été souligné pour la première fois par M. Van der Straeten dans son
livre sur *Voltaire musicien* (p. 23).

II

DEUXIÈME VOYAGE EN FRANCE (1778)

E nouveau Mozart quittait Salzbourg et reprenait la route de Paris. Les humiliations qu'il subissait depuis trois ans, de la part du nouvel archevêque, homme dur, avide et assez dédaigneux pour reléguer un musicien renommé aux derniers rangs de la domesticité, l'avaient décidé à résigner ses modestes fonctions de chef d'orchestre. Il avait résolu de s'expatrier, et ses vœux s'étaient aussitôt tournés vers ce Paris, où il avait naguère conquis tous les suffrages, fait palpiter tous les cœurs. Il partit, mais son père, retenu par les devoirs de sa charge, ne pouvait l'accompagner, et ce fut sa mère qui se fit son guide, son mentor. En chemin, ils s'arrêtèrent à Munich : là, Wolfgang, qui ne quittait qu'à regret la terre allemande, demanda à entrer au service de l'Électeur de Bavière, Maximilien III ; mais il fut repoussé, bien qu'il fût assez modeste pour proposer d'écrire quatre opéras par an et de figurer chaque jour dans les concerts de la cour. « C'est encore trop tôt, dit le prince, qu'il aille en Italie, qu'il voyage, qu'il acquière de la célébrité ! » Mozart se rendit de là à Augsbourg, puis à Manheim, où il rencontra l'abbé Vogler, alors vice-maître de chapelle, qu'il traite de « farceur musical, ayant de grandes prétentions et peu de savoir ; » il y donna un brillant concert et fut fort bien reçu par le prince palatin, auquel il demanda, sans l'obtenir, la faveur de rester pour enseigner la musique aux jeunes princes. Il lui fallait continuer sa route ; mais la folle passion qu'il avait conçue pour une toute jeune fille, Aloïsa Weber, qui possédait une voix remarquable et chantait à ravir, le retenait à Manheim. Pendant deux mois, Wolfgang, sourd aux conseils de sa mère et de ses amis, passe tout son temps dans la famille Weber, et répond aux vives instances de son père qui le presse de partir pour Paris, en lui demandant de consentir à cette union. Mais Léopold, soutenu sans doute par les avis de sa femme, qui jugeait froidement la situation, demeura inébranlable, et, après bien des conseils restés inutiles, ordonna brièvement à son fils de quitter Manheim dans une lettre qui se termine par cette phrase un peu pompeuse : « En route pour Paris, et sans perdre un instant. *Aut Cæsar, aut nihil.* » Wolfgang se résigna et partit tout désolé. Après quelques

jours d'un agréable voyage, sa mère et lui débarquaient
à Paris, le lundi 23 mars, à quatre heures de l'après-
midi.

Ils prirent aussitôt un fiacre pour aller voir Grimm.
C'est à lui qu'était due leur première visite, visite que
commandaient à la fois l'intérêt et la reconnaissance.
Léopold Mozart avait bien répété à son fils « de méri-
ter la bienveillance, l'affection et l'amitié de M. le
baron Grimm par une entière confiance filiale. »
Wolfgang ne devait rien avoir de caché pour cet ami
sûr, il devait lui dévoiler la malheureuse situation de sa
famille, lui dire toutes les humiliations qu'il avait endu-
rées de la part de l'archevêque. Grimm accueillit son
jeune protégé à bras ouverts et se prêta volontiers aux
démarches nécessaires pour le produire.

Mozart obtenait aussi le bienveillant appui de M. de
Sükingen, envoyé de l'Électeur palatin, et retrouvait
ici deux artistes avec lesquels il s'était lié d'amitié à
Manheim, le chanteur Raff et le flûtiste Wendling.
Celui-ci n'avait pas attendu son arrivée pour le vanter;
et, à peine débarqué, il le conduisit dans le monde.
« Wolfgang est de nouveau célèbre et aimé ici à un
point indescriptible, écrit madame Mozart à son mari.
Wendling l'a mis en grand renom avant notre arrivée,
et l'a présenté à tous ses amis. C'est un véritable ami
de l'humanité, et M. Grimm l'a fortement encouragé à
faire promptement connaître Wolfgang, parce que,
comme musicien, Wendling a plus de crédit que M. de
Grimm lui-même. » Bientôt Mozart entra en rapports
avec le directeur du Concert-Spirituel, le ténor Legros,
avec le chorégraphe Noverre, et enfin avec madame

d'Épinay, l'amie des philosophes, la bienfaitrice de
Jean-Jacques. La fortune semblait le favoriser. Il allait
bientôt avoir deux concertos à écrire, l'un de flûte,
l'autre de harpe, puis un acte d'opéra ; enfin le directeur du Concert-Spirituel l'avait chargé de faire de
nouveaux chœurs et quelques *soli*, pour les substituer
à ceux d'un *Miserere* qu'Holzbauer, maître de chapelle de Manheim, avait écrit pour les modestes ressources de sa maîtrise, et qu'il avait envoyé ensuite à
Paris.

C'était une bonne fortune pour Mozart que de trouver
une aussi belle occasion d'écrire dès son arrivée en
France : il se mit de tout cœur à l'ouvrage. Aussi bien
il voyait se réaliser ainsi un de ses vœux les plus chers,
lui qui écrivait à son père deux mois auparavant : « Je
ne me réjouis que pour le Concert-Spirituel de Paris,
où probablement j'aurai quelque chose à composer. On
dit l'orchestre fort bon et fort complet, et on pourra
y exécuter mes principales compositions favorites, savoir : des chœurs, et je suis fort heureux de ce que les
Français y tiennent beaucoup. C'est le seul reproche
qu'on ait fait au nouvel opéra de Piccinni, *Roland*, à
savoir, que les chœurs y sont trop nus et trop faibles,
et qu'en général la musique en est un peu uniforme ;
du reste, elle a eu tous les suffrages. On est habitué
actuellement, à Paris, aux chœurs de Gluck. Ayez
confiance en moi, je m'efforcerai de tout mon pouvoir
à faire honneur au nom de Mozart, je n'ai aucune
inquiétude à cet égard. »

Il termina sa besogne en quelques jours. « Je puis
dire que je suis très content d'en avoir fini avec ces

écritures ; car, quand on ne peut travailler chez soi, et qu'on est pressé par-dessus le marché, c'est le diable. Mais, Dieu merci, j'ai fini, et cela fera son effet. Monsieur Gossec, que vous devez connaître, après avoir vu mon premier chœur, a dit à M. Legros (je n'y étais pas) qu'il est charmant et fera certainement bon effet, que les paroles sont très bien arrangées, et généralement parfaitement bien posées. » *M. Gossec, qui est mon excellent ami, est du reste un homme fort sec,* ajoute Wolfgang, tout heureux d'avoir arraché quelques mots flatteurs à un juge si difficile.

Malheureusement, la prédiction du musicien français ne devait pas se réaliser. Le travail de Holzbauer, que Wolfgang avait fini de reviser juste à point pour qu'il fût exécuté pendant la semaine sainte, était fort long et n'eut aucun succès. Les journaux du temps, même le *Mercure de France*, si prolixe d'habitude sur le Concert-Spirituel, ne parlent pas des concerts de la semaine sainte *. Ce fut, de la part de Wolfgang, un travail à peu près inutile : on ne joua que deux de ses chœurs, et encore n'étaient-ce pas les meilleurs. Il se console par une plaisanterie de cette première déconvenue : « Du reste, à la répétition, il y a eu grande approbation, et moi-même (car je ne compte pas pour grand'chose les louanges des Parisiens) je suis fort content de mes chœurs. » Pourquoi donc briguer des suffrages dont il prisait si peu la valeur ?

' Ce morceau ne figure sur aucun des programmes donnés par le *Journal de Paris*, durant la quinzaine de Pâques. Le jeudi et le vendredi saint, ce journal annonce le concert sans en donner le programme : c'est donc un de ces deux jours-là que le *Miserere* fut exécuté.

Mozart, du reste, n'avait pas attendu ce petit accident pour critiquer notre goût musical, et, dès le 5 avril, alors qu'il était tout heureux d'avoir été choisi pour cet ingrat labeur, il écrivait à son père : « J'arrive à l'instant du Concert-Spirituel. Le baron Grimm et moi nous nous sommes souvent laissés aller à notre colère contre la musique de ce pays, entre nous s'entend, car, en public, on crie : Bravo ! bravissimo ! on applaudit à se brûler les doigts. Ce qui me fâche le plus, c'est que messieurs les Français n'ont fait d'autre progrès que de savoir écouter enfin la bonne musique. Mais d'entrevoir, de se douter que leur musique est détestable, — mon Dieu, non ! Et le chant ? — *Oimè !* Si seulement aucune Française ne voulait se mêler de chanter des airs italiens, je leur pardonnerais encore leurs criailleries françaises ; mais gâter de la bonne musique, c'est insupportable ! »

Le *Journal de Paris* donne le programme de ce concert. Madame Saint-Huberty chantait « pour la première fois un air italien de la composition de M. le chevalier Gluck. » C'est donc, à n'en pas douter, cette artiste d'élite que Mozart vise dans cet arrêt sévère. Le rare talent de la cantatrice nous est un sûr garant que Wolfgang cédait, en écrivant cela, à un mouvement de mauvaise humeur. Pour casser son jugement, nous n'avons qu'à en appeler au témoignage de Gluck, de Piccinni, de Sacchini, qui ont consacré madame Saint-Huberty la plus grande tragédienne lyrique de leur siècle *.

' Voir sur cette artiste le chapitre qui lui est consacré dans notre ouvrage : *Histoire du costume au théâtre depuis les origines du théâ-*

Ce *Miserere* d'Holzbauer fut donc une première déception pour le jeune musicien ; mais, à l'entendre, de nombreuses occasions s'offraient à lui de réparer cet échec. Ce n'était plus seulement un acte d'opéra qu'on réclamait de lui, mais un ouvrage en deux actes, *Alexandre et Roxane*, sur un poëme de Noverre ; de plus, il va composer pour le Concert-Spirituel une symphonie concertante pour flûte, hautbois, cor et basson, qui sera exécutée par les meilleurs artistes de Paris, son ami Wendling, Ramm, Punto et Ritter. « Aie soin de te conformer au goût des Français, lui écrit son père à ce propos ; pourvu qu'on obtienne du succès et qu'on soit bien payé, que le diable emporte le reste ! Si tu réussis par l'opéra, les journaux en parleront bientôt, et c'est ce que je voudrais, quand ce ne serait que pour narguer l'archevêque ! » Mais rien ne se décide, rien n'aboutit. Le temps passe, l'argent disparaît, et le Concert-Spirituel ne tient pas ses promesses.

La symphonie concertante était arrêtée, au grand désappointement des artistes eux-mêmes. « Ce qui me chagrine le plus en cela, écrit Mozart, c'est que Legros ne m'en ait pas dit un mot, et que je sois forcé de feindre ne rien savoir. Si du moins il avait allégué une excuse, la brièveté du temps, ou quelque autre échappatoire, mais rien. Je crois que l'auteur de tout cela est Cambini, un maëstro welche auquel, à notre première rencontre chez Legros, j'ai bien innocemment crevé les yeux. Il a fait des quatuors : j'en ai entendu un à Manheim ; il est fort joli ; je lui en fis l'éloge et

tre en France jusqu'à nos jours. (Un vol. grand in-8° avec 27 planches hors texte, Charpentier, 1880.)

jouai le commencement. Alors Ritter, Ramm et Punto
ne me laissèrent pas de repos que je ne continuasse,
me disant d'improviser ce que je ne me rappellerais
pas. Je le fis, en effet, et Cambini, tout hors de lui, ne
put s'empêcher de s'écrier : *Questa è una gran
testa !* Et c'est probablement là ce qu'il n'a pas di-
géré. » Ce que Mozart ne dit pas, c'est que Cambini
lui joua un tour pendable, en lui prenant son idée et
ses artistes. Cela ressort clairement de la simple lecture du programme pour le dimanche des Rameaux,
12 avril : « Le concert finira par une nouvelle symphonie concertante de M. Cambini, exécutée par
MM. Ritter, Ramm, Wendling et Punto. » Mozart avait
donc bien raison de se méfier du maëstro welche, et
cette découverte dut lui causer une cruelle déception.

Léopold Mozart s'efforçait en vain de calmer l'humeur de son fils. En vain lui montrait-il, en les exagérant à dessein, les obstacles qu'un débutant rencontre forcément dans cc Paris, « où tous ceux qui y ont
fait leur nid prétendent ne pas se laisser déposséder. »
Ceux-là, ce sont Piccinni, Stamitz, Grétry. Et le musicien étranger, oubliant que depuis son séjour chez
nous, Gluck avait révolutionné la musique dramatique,
ajoute : « Wendling t'a dit que la musique avait
changé, tu n'en crois pas grand'chose. La musique
instrumentale, oui, elle était déjà meilleure à notre
premier voyage ; mais la musique vocale ne s'amélio-
rera pas de sitôt... Sois dispos, toujours prêt à toute
occasion ; et puisque tu m'écris que tu veux composer
un opéra, suis mon conseil, et songe que tout *ton crédit dépend de ton premier succès;* consulte, avant

d'écrire ; apprécie le goût de la nation, écoute et étudie leurs opéras. Je te connais : tu peux tout imiter. *N'écris pas à la hâte*, l'homme de raison ne se le permet jamais. Examine bien d'avance les paroles avec le baron de Grimm, avec Noverre ; fais des esquisses et fais-les leur entendre. Tout le monde fait ainsi : Voltaire lit ses poëmes à ses amis et écoute leur jugement. Il s'agit de l'honneur et de la fortune, et quand tu auras regagné de l'argent, nous retournerons en Italie. Écris-tu quelque chose qui doive être gravé ? Que ce soit facile pour des amateurs et populaire ; n'écris pas en toute hâte. Efface ce qui te déplaît ; ne fais rien pour rien, et fais-toi payer pour tout. »

Cependant Mozart espérait toujours obtenir un poëme, et son imagination travaillait durant cette longue attente. Il recevait le poëme de Noverre, le mettait en musique et le présentait au directeur de l'Opéra, de Vismes : sitôt présenté, sitôt reçu, sitôt joué. Puis il écrivait un ballet sur un nouveau libretto de Noverre... Le pauvre Wolfgang prenait déjà pour chose faite ce qui n'était qu'un rêve. La réalité allait malheureusement moins vite, et finalement jamais il ne reçut poëme d'opéra, ni scenario de ballet. Tandis qu'il bâtissait tant de châteaux en Espagne, il refusa la place d'organiste à Versailles, que son ami Rudolphe avait eu la bonne pensée de lui faire offrir. Le revenu annuel était de 2,000 livres, mais, pour les gagner, il fallait passer six mois pleins à Versailles, et il lui en coûtait beaucoup de ne plus être libre. A la première nouvelle de cette offre séduisante, Léopold Mozart s'était hâté d'énumérer à son fils tous les avantages d'une position si recherchée. Vivre à la cour, être tous les jours sous les yeux du roi et de la reine, à la source de toutes les faveurs, n'était-ce pas une considération qui dût influer un peu sur sa décision, et aussi de songer que les 2,000 livres étaient gagnées en six mois ? « Tu pourras obtenir ainsi l'une des deux places de maître de chapelle ; et plus tard, en cas de vacance, devenir le maître de clavecin des jeunes princes de la famille royale, ce qui serait très profitable ; personne ne t'empêchera d'écrire pour le théâtre, pour le Concert-Spirituel, de faire graver de la musique en la dédiant aux grands personnages dont tu as fait la connaissance... Enfin, c'est la voie la plus sûre pour s'assurer la bienveillance de la reine et s'en faire aimer. » Vaines considérations, raisons de peu de valeur aux yeux d'un artiste qui se sent appelé à de plus hautes destinées. « Pour Versailles, écrit-il le 3 juillet, ce n'a jamais été ma pensée. J'ai demandé conseil au baron de Grimm et à d'autres bons amis ; ils sont tous de mon avis. Les appointements sont minimes, il faut sécher pendant six mois dans un endroit où il n'y a d'ailleurs rien à gagner, et où l'on enterre son talent ; car celui qui est au service du roi est oublié à Paris... il est vrai qu'il est organiste ! — Non que je n'aimasse une bonne place, mais seulement celle de maître de chapelle, et bien payée. »

Si Mozart tenait tant à rester à Paris, c'est que, pour le moment, la fortune semblait lui sourire. Rien ne paraît plus pouvoir entraver l'exécution d'une grande symphonie qu'il vient de terminer, et par laquelle doit commencer le concert spirituel du jeudi saint (c'est le jeudi de la Fête-Dieu que Mozart veut dire). « Plaira-t-elle ? C'est ce que j'ignore et, pour dire la vérité je m'en inquiète fort peu, car à qui ne plaira-t-elle pas ? Je réponds qu'elle satisfera le petit nombre de Français de bon sens qui s'y trouveront ; quant aux imbéciles, ce ne serait pas un grand malheur si ma symphonie n'avait pas le don de leur plaire. Et cependant j'espère que même les ânes y trouveront leur part, qui leur plaira ; et puis je n'ai pas manqué le *premier coup d'archet*, et cela suffit. Comme ces animaux en font une affaire ! Que diable ! je n'y vois pourtant aucune merveille. Ils commencent ensemble — comme partout ailleurs. C'est à crever de rire. » Il n'avait plus longtemps à rester dans l'incertitude : il annonce cette heureuse nouvelle à son père le 12 juin, et la Fête-Dieu tombait le 18. Les six jours d'attente furent vite pas-sés, et Mozart envoya bientôt à Salzbourg ce joyeux bulletin de victoire que tout le monde connaît et qui se termine par ces paroles devenues célèbres : « Aussitôt après la symphonie, j'allai dans ma joie au Palais-Royal, je pris une glace, je dis le chapelet, comme je l'avais promis, et je rentrai. »

Le succès fut-il aussi grand que Mozart se plaît à le dire ? On ne trouve nulle part mention de cette réussite, et de tous les mémoires et journaux du temps, seule, une gazette anglo-française, *le Courrier de l'Europe* (numéro du 26 juin), consacre quelques lignes au concert qui, outre la symphonie du jeune Allemand, éveillait encore l'attention des amateurs par les adieux de Raff et le début d'un chanteur qui devint plus tard célèbre, Chéron : « Le concert spirituel du jour de la Fête-Dieu commença par une symphonie de M. Mozart.

Cet artiste qui, dès l'âge le plus tendre, s'était fait un nom parmi les clavecinistes, peut être placé aujourd'hui parmi les plus habiles compositeurs. »

Le Concert-Spirituel s'était ouvert devant Mozart, mais notre grande scène lyrique lui était toujours fermée. « Quant à l'Opéra, voici ce qui en est : on trouve très difficilement un bon poëme ; les vieux, qui sont les meilleurs, ne sont pas arrangés pour le style moderne, et les nouveaux ne valent rien ; car la poésie, qui était la seule chose dont les Français pussent être fiers, devient de jour en jour plus mauvaise, et c'est précisément la poésie qui est la seule chose qui soit nécessaire ici, parce qu'ils ne comprennent pas la musique. » À l'en croire, pourtant, il n'aurait que l'embarras du choix, et, s'il y avait véritablement pénurie de bons poëmes, le sort avait bien voulu faire une exception en sa faveur : « J'ai deux opéras que je pourrais faire, l'un en deux actes, l'autre en trois actes. Celui en deux est *Alexandre et Roxane*, mais le poëte est encore *à la campagne* ; celui en trois actes est *Démophon* (de Métastase), traduit de l'italien, mêlé de danses et de chœurs, *arrangé* en général pour le théâtre français ; mais je n'en ai rien vu encore, pas plus que du premier. » Que de cruelles déceptions le pauvre garçon se préparait pour l'avenir !

Au milieu de son séjour chez nous, Mozart fut frappé d'un coup terrible, et en ressentit une douleur profonde qui influa beaucoup sur l'opinion qu'il garda de Paris. Le 20 juillet, à dix heures vingt minutes du soir, sa mère expirait dans ses bras. Vers le milieu de juin, elle s'était sentie indisposée, et, ayant recours à son remède habituel, elle s'était fait saigner. Cela ne servit de rien : elle continua à se plaindre de frissons et de chaleurs, puis de douleurs d'entrailles et de maux de tête. Ce furent d'abord des remèdes de famille, des poudres antispasmodiques, la malade ne voulant à aucun prix consulter un médecin français. Un docteur septuagénaire, honnête Allemand, mais parfaitement ignare, lui donna de la rhubarbe infusée dans du vin, et comme Mozart se récriait en disant que le vin échauffe : « Vous n'y pensez pas, répliqua l'irascible docteur, le vin n'échauffe pas ! il fortifie ! c'est l'eau qui échauffe. » Et pendant ce temps-là la pauvre malade demandait de l'eau à cor et à cri.

Un matin, le médecin dit brusquement à Mozart : « Je crains bien qu'elle ne passe pas la nuit, car, si elle se trouve mal sur sa chaise, elle peut mourir en un clin d'œil. Ainsi voyez à ce qu'elle se confesse. » Aussitôt, Wolfgang prit sa course jusqu'au bout de la Chaussée-d'Antin, au delà de la barrière, où il vit son compatriote Heina qui lui promit de venir le lendemain avec un prêtre allemand. En revenant, il monta un instant chez Grimm et madame d'Épinay qui lui reprochèrent de ne pas les avoir prévenus plus tôt et envoyèrent aussitôt leur médecin. Rien n'y fit cependant : la faiblesse augmenta toujours, la fièvre vint, puis enfin le délire, qui dura sans relâche les trois derniers jours. La malade perdit tout sentiment, ne vit plus, n'entendit plus, et, suivant la belle expression de son fils, « elle s'éteignit comme une lampe, elle mourut sans en avoir conscience. » C'est ainsi qu'expira, dans une petite chambre d'auberge, la

5

mère de Mozart, entourée à son lit de mort de trois personnes : son fils, un compatriote nommé Heina, chevau-léger du roi, et leur hôtesse, la maîtresse de l'auberge des *Quatre-Fils-Aymon*, (rue du Gros-Chenet *, vis-à-vis celle du Croissant). Voici l'acte de décès de cette brave et digne femme, extrait du registre de la paroisse Saint-Eustache **.

CET ACTE EST DU 4 MARIE PERTL.	Ledit jour Marie-Anne Pertl âgée de 57 ans femme de Léopold Mozart maître de chapelle de Salzbourg en Bavière décédée d'hier rue du Gros-Chenet a été inhumée au cimetière en présence de Wolfgang Amadé Mozart son fils et de François Heina trompette de 8 chevaux-légers de la Garde du Roi, ami. MOZART. HEINA. IRISSON C. V. —

C'est au milieu de la nuit, dans cette chambre en deuil, en présence d'un cadavre veillé par une femme étrangère, que Wolfgang, imposant silence à sa douleur, écrit à son ami, l'abbé Bullinger, le suppliant de préparer son père à cette triste nouvelle : « Pleurez avec moi, mon ami ! Ce jour est le plus triste de ma vie. Je vous écris à deux heures du matin. Il faut que je vous

---

* Aujourd'hui rue du Sentier.

** La mère de Mozart est morte le 3 juillet et non le 20, ainsi qu'une faute d'impression nous le fait dire plus haut.

Otto Jahn a cité cet acte de décès avec des erreurs. Celui que donne Fétis est exact, mais l'orthographe et la ponctuation en sont corrigées. Voici le véritable. Nous l'avons *calqué* sur l'original et le reproduisons tel quel. Le registre a été, lors de la Commune, détruit dans l'incendie des archives de l'Hôtel de Ville.

le dise : ma mère, ma mère bien-aimée n'est plus !...
Vous donc, mon excellent ami, n'ayez d'autre souci
que de me conserver mon père, encouragez-le, qu'il ne
se laisse point abattre et désoler, lorsqu'il apprendra
cette fatale nouvelle. Je vous recommande aussi ma
sœur de toute mon âme. Allez les voir sans retard, je
vous en supplie ; ne leur dites pas encore qu'elle est
morte, mais préparez-les ; tâchez que je puisse être
tranquille et que je n'aie pas à craindre un nouveau
malheur. Conservez-moi mon cher père et ma sœur
bien-aimée ! » Cette lettre achevée, il dut en écrire une
autre à son père, où il lui annonce simplement que sa
mère est très gravement malade, et qu'il termine par
ce cri de douleur : « Ma chère mère est entre les mains
du Tout-Puissant. Veut-il nous la laisser encore ? nous
lui en rendrons grâce ! S'il la retire à lui, nos angoisses,
nos inquiétudes, nos désespoirs sont inutiles ; mieux
vaut nous abandonner avec résolution à sa divine volonté. »

Que faisait alors à Salzbourg Léopold Mozart ? Tout
entier à ses joies de famille, il ne voulait pas laisser
passer la fête de sa femme sans la lui souhaiter, et il
prenait plaisir à lui adresser des compliments. « Pour
ne pas manquer ton jour de fête, ma chère femme, j'écris
dès aujourd'hui (12 juillet), quoique je sois en avance.
Je te souhaite un million de bonheurs, et je prie le Dieu
tout-puissant qu'il daigne t'accorder encore bien longtemps de passer ce jour en bonne santé, et, autant que
cela est possible sur la scène changeante du monde, en
paix et en joie. Je suis pleinement convaincu que ton
mari et ta fille te manquent pour ton entière satis-

faction. Dieu, dans ses insondables desseins, fera tourner toutes choses à notre avantage. Aurais-tu prévu, il y a un an, que tu passerais ton prochain jour de fête à Paris ? Autant cela paraissait incroyable alors à la plupart de nos amis (non pas à nous précisément), autant il est possible qu'avec l'aide de Dieu nous nous retrouvions réunis plus tôt que nous ne le pensons ; car une seule chose me pèse au cœur, c'est d'être séparé de vous, de vivre si éloignés les uns des autres. Du reste, nous sommes, Dieu merci, bien portants. Nous t'embrassons un million de fois tous deux, ainsi que Wolfgang, et nous vous supplions de veiller à la conservation de votre santé. »

Est-il rien de plus triste que cette lettre enjouée adressée à une morte ? Le lendemain arrivait un courrier de Paris. A la nouvelle de la maladie de sa femme, le malheureux Léopold chancelle : « Que conclure de ta lettre ? Hélas ! au moment où je t'écris, elle doit être morte ! » Son esprit s'agite, les prévisions l'effrayent, l'espoir le ranime ; puis la crainte le saisit à la pensée que son fils va rester seul à Paris, exposé à tous les piéges des méchants et des fourbes. « On te trompera, te surfera, te dupera... Mon Dieu ! si tu n'as pas des amis honnêtes et dévoués, tu ne t'en tireras pas. » A ce moment arrive l'abbé Bullinger. Dès les premiers mots du prêtre, il devine que sa femme était morte le jour où lui écrivait son fils. Il reprend la plume et réunissant dans un suprême embrassement sa femme inanimée et ses jeunes enfants, s'écrie : « Veille sur ta santé, je te le répète ; ne nous rends pas tous malheureux ! Nanerl ne sait rien encore de la lettre de Bullinger ; mais je l'ai déjà préparée de façon qu'elle croit que son excellente mère est morte... Écris-moi bientôt, et tout : quand elle a été ensevelie — et où ? Grand Dieu ! faut-il que je cherche à Paris la tombe de ma chère femme ! »

A Salzbourg, l'abbé Bullinger s'efforçait de calmer le désespoir de Léopold Mozart ; à Paris, Grimm et madame d'Épinay offraient à Wolfgang un logis dans leur maison de la Chaussée-d'Antin, une charmante petite chambre, avec une vue fort agréable. « Si le malheur est arrivé, écrivait Léopold Mozart à son fils, prie M. le baron Grimm de te permettre de porter chez lui tous les effets de ta mère, afin que tu n'aies pas à veiller sur tant de choses ; ou bien mets tout exactement sous clef, car, comme tu t'absentes souvent des journées entières, on peut entrer dans ta chambre et te dévaliser. »

L'amitié de Grimm n'avait pas attendu pareille demande ; elle avait été au-devant, et au-delà. Cependant, le travail et surtout sa légèreté naturelle faisaient oublier bien vite ce malheur à Wolfgang. Il composait toujours, mais sans parvenir à se faire exécuter. Depuis longtemps il se leurrait de l'espoir de mettre en musique un grand ballet de Noverre ; mais, au bout de deux mois d'attente, il fut bien forcé de reconnaître l'inanité de cette espérance. « Je n'ai jamais écrit autre chose relativement au ballet de Noverre, si ce n'est qu'il composera peut-être un nouveau ballet (il a eu justement besoin d'un demi-ballet dont j'ai fait la musique), c'est-à-dire qu'outre six morceaux tirés — les meilleurs, — de misérables airs français, j'ai, quant

à moi, fait la symphonie et les contredanses : en
tout, douze morceaux. Ce ballet a déjà été donné
quatre fois avec le plus grand succès; mais désormais je ne veux *absolument* plus rien écrire que je
ne sache d'avance ce qui m'en reviendra, car ce dernier travail était une pure complaisance pour Noverre.»

Cette lettre est du 9 juillet. Il s'agit ici des *Petits
riens*, ballet-pantomime de Noverre, représenté le
11 juin. Le *Journal de Paris* en rend compte dès le
lendemain; il accorde force éloges au chorégraphe, à
Vestris et à Dauberval, et surtout à mesdemoiselles
Guimard, Allard et Asselin, ces trois célèbres danseuses, dont il vante l'intelligence et les grâces, mais il
ne souffle mot de la musique — non plus, du reste,
que Grimm dans sa *Correspondance*. Ce ballet avait
été donné avec l'opéra de Piccinni, *le Finte Gemelle*,
chanté par les Bouffes italiens, que le directeur de
Vismes, toujours en quête de nouveautés attrayantes,
avait fait venir d'outre-monts. Cette petite troupe
était placée sous la direction artistique de Piccinni, et
elle avait commencé ses représentations précisément le
11 juin : la recette, ce soir-là, s'éleva à un chiffre
énorme pour l'époque, à plus de 7,000 livres. Et d'ailleurs, en continuant de chanter à l'Opéra, les Bouffons
réalisèrent presque constamment des recettes beaucoup
plus fortes que la troupe française : ils donnaient
spectacle tous les jeudis et quelquefois le samedi, deux
des jours où l'Opéra français faisait son relâche habituel. Ce divertissement chorégraphique, entrant toujours dans un spectacle composé moitié de danse,
moitié de chant, reparut cinq fois de suite sur l'affiche:

le samedi 20 juin, le jeudi 25 juin, les jeudi 2, dimanche 5 et mardi 7 juillet ; avec la première, cela fait
bien six représentations au lieu de quatre, dont parle
Mozart*. Le 9 juillet, le jour même où Wolfgang man-
dait cette nouvelle à son père, ce spectacle faisait place
à un autre, toujours du même genre. Aux *Finte Gemelle* succédait l'opéra de Paisiello, *le Due contesse*, et
aux *Petits riens* un nouveau ballet de Noverre, *Annette
et Lubin*.

Cette petite partition, recherchée aux archives de
l'Opéra par M. Victor Wilder et par lui remise en
ordre, a été exécutée, durant l'hiver 1872-73, aux
concerts du Grand-Hôtel. C'est une œuvre assez terne,
extrêmement simple et d'une mélodie peu originale,
sauf dans deux ou trois morceaux assez gracieux ; en
somme, il est difficile de croire que Mozart n'eût pas
soigné davantage ce ballet s'il avait dû le signer. Mais
si peu que vaille cette musique, il n'est pas indifférent
de savoir sur quel sujet elle fut composée, Or, ce *scenario* comprenait tout uniment trois scènes épisodi-
ques et presque détachées l'une de l'autre : d'abord
une scène de l'Amour pris au filet et mis en cage, un
jeu de Colin-Maillard où brillait Dauberval, et une

---

* L'intervalle assez grand qui sépara la seconde représentation de
la première, ne serait pas suffisamment expliqué par le peu de succès
des *Finte Gemelle.* Il y eut une autre cause à ce retard, à ce qu'explique le *Journal de Paris*, du 15 juin : « La basse-taille, qui vient
d'arriver, remplacera la signora Farnesi dans le rôle de *Marescial*,
dont elle s'était chargée par pure complaisance. » Le signor Fochetti
n'eut pas plus de succès que sa devancière et à la troisième représentation, il cédait la place au signor Tozzoni. Un chanteur par représentation : quelle nombreuse troupe il aurait fallu pour aller longtemps de ce train-là !

espièglerie de l'Amour présentant à deux bergères in-flammables une autre bergère déguisée en berger. Les deux pastourelles se prenaient d'un beau feu pour le jeune pâtre qui n'en pouvait mais, et qui, ne sachant comment se soustraire à des attaques de plus en plus pressantes, finissait par découvrir son sein. Grande dé-ception des bergères, qui n'attendaient rien de pareil, et grande animation des spectateurs dont ce piquant jeu de scène excitait singulièrement les sens. Et les cris : *bis, bis !* d'éclater aux quatre coins de la salle.

En résumé, ce ballet anacréontico-mytologico-pasto-ral était bien dans le goût de l'époque et tel que les amateurs du siècle dernier en voyaient défiler quatre ou cinq par an sans demander grâce. Un seul écrivain y trouva à redire, Grimm, qui fut pris à ce spectacle d'un bel accès de pudeur : ce n'était pas là ce qui le gênait d'habitude. « Il faut observer, dit-il, qu'il y a dans cette dernière scène un moment qui n'a jamais manqué d'exciter un léger murmure, au milieu des plus vifs applaudissements ; tant il est vrai que la dé-cence exerce toujours sur nos théâtres l'empire le plus sévère. C'est celui où le berger supposé, pour détrom-per les deux bergères qui se disputent sa conquête, finit par leur laisser entrevoir son sein. Avec quelque grâce, quelque modestie que la demoiselle Asselin dé-sabuse ses compagnes, cette pantomime a toujours par-tagé les spectateurs, et les voix qui ont crié *bis* n'ont pas étouffé la critique des autres. » Ces autres-là, tout bien pesé, se plaignaient peut-être du trop de réserve de la danseuse et marquaient ainsi leur déception.

Et comme il n'est rien de pire en France pour une

JOURNAL DU SERVICE DES ACTEURS

Par extraordinaire

Du Jeudy, 11 Juin 1778.

Première représentation de *le Finte Gemelle* ou *les Fausses Jumelles*, opéra-bouffon en deux actes, suivi du ballet des *Petits Riens*.

Belfiore........	Signor CARIBALDI.
Isabella........	La signora CHIAVACCI.
Marescial,.....	La signora FARNESI.
Olivetta........	La signora ROSINA BAGNIOLI.

Danse.

MM. DAUBERVAL.
  VESTRIS F.
D^{lles} GUIMARD.   Enfant
  ALLARD.   M. COULON.
  PESLIN.
  ASSELIN.
  THÉODORE.

Arrêté suivant la liste signée, à Paris, le 13 juin.

pièce de théâtre que d'avoir un titre qui prête aux quolibets, le nouveau ballet reçut le coup de grâce avec le couplet suivant :

> Avec son opéra bouffon
> L'ami Devisme nous morfond ;
> Si c'est ainsi qu'il se propose
> D'amuser les Parisiens,
> Mieux vaudrait rester porte close
> Que de donner si peu de chose
> Accompagné de *petits riens* '.

Une reprise de sa symphonie au Concert-Spirituel vint à point pour consoler un peu Wolfgang de la disparition de son ballet. Il avait dû y faire quelques changements sur la demande de Legros, qui, pour l'amadouer, lui avait assuré qu'il regardait cette symphonie comme la meilleure du répertoire. « *L'andante* n'a pas eu le bonheur de le satisfaire, écrit Mozart. Il dit qu'il

---

' Une septième représentation, celle-là très distante des premières, fut donnée le jeudi 13 août pour accompagner *il Curioso indiscreto*, opéra-bouffe d'Anfossi. Cette fois, ce fut bien tout, car à la deuxième représentation d'*il Curioso indiscreto*, donnée le jeudi 16, le spectacle se termina par le petit ballet d'*Annette et Lubin*. Cette représentation isolée en août produisit 1,895 liv, 10 s. Pour les six représentations réparties en juin et juillet, on en trouvera le produit dans le tableau des spectacles et recettes que nous donnons à la page 44 : cela permettra de vérifier la supériorité presque constante des recettes des Bouffons. L'Opéra avait alors à sa tête de Vismes du Valgay, le premier directeur-*entrepreneur*, homme d'initiative et d'imagination, qu'on plaisanta beaucoup parce qu'il innova beaucoup et qu'entre tant d'idées qui lui passèrent par la tête il y en eut d'assez bizarres. Ce n'en fut pas moins un directeur très actif, très inventif, qui révolutionna l'Académie de musique et l'éveilla de sa torpeur. C'est lui qui créa les *feux* à gagner pour les artistes chaque fois qu'ils joueraient : on a pu voir à la page 41 le tableau des *feux* pour la première représentation des *Petits riens*.

y a trop de modulations, qu'il est trop long ; mais cela
vient de ce que l'auditoire a oublié de faire autant de
bruit et de crier : Bravo ! aussi longtemps que pendant
le premier et le dernier morceau ; car l'*andante* a eu le
plus grand succès, auprès de moi, d'abord, de tous les
connaisseurs et amateurs ensuite, et de la majorité des
auditeurs. Il est juste le contraire de ce que dit Legros :
il est tout naturel et fort court. Mais pour le contenter,
lui et plusieurs autres, j'ai fait un autre *andante*. Chacun des deux est bien, car ils ont chacun un caractère
différent ; mais le second me plaît encore mieux. »

La symphonie ainsi corrigée fut exécutée de nouveau le saint jour de l'Assomption, et n'obtint pas
moins de faveur qu'au premier concert.

Le succès fut même assez franc pour décider Mozart
à donner à Legros une deuxième symphonie pour
orchestre qui fut entendue au Concert-Spirituel, le lundi
8 septembre, fête de la Nativité, presque à la veille
de son départ. Or, point n'est difficile d'établir que
l'œuvre de Mozart exécutée à ce concert était bien une
symphonie nouvelle et non pas seulement une reprise
de la symphonie dite parisienne. Le *Journal de Paris*
dit en termes formels : « Le concert commencera par
une *nouvelle* symphonie de la composition del signor
Amadeo Mozart ; » et l'exactitude de cette annonce est
confirmée à deux reprises par la correspondance du
voyageur. « Je commençais pourtant à me faire connaître et mes *deux* symphonies m'ont fait ici beaucoup d'honneur ; » dit-il dans sa lettre du 11 septembre,
la dernière datée de Paris. Et un mois plus tard, dans
cette autre écrite de Nancy, 3 octobre : « A l'exception

de mes sonates, je ne rapporte aucune œuvre nouvelle à Salzbourg, car j'ai vendu à Legros les *deux* symphonies et la concertante. » Si Mozart n'avait pas pris souci d'annoncer à son père l'apparition de cette deuxième symphonie, s'il avait gardé le silence sur un événement aussi considérable et qui l'eût transporté de joie quatre ou cinq mois plus tôt, c'est qu'il avait dès lors abandonné toute idée d'établissement à Paris et qu'à l'approche du départ il était surtout préoccupé des nouvelles qui lui arrivaient d'Allemagne.

Plus Mozart restait parmi nous, plus son caractère s'aigrissait. A chaque nouvelle lettre qu'il envoie à Salzbourg, son mécontentement se traduit en phrases plus amères, en récriminations plus violentes contre tous ceux avec qui il a été en rapport, et qu'il accuse de l'avoir desservi. Grimm lui-même n'échappe pas à ses reproches, et il faut dire qu'ici du moins son dépit voyait assez juste. Grimm avait bien cru devoir le recueillir après la mort de sa mère ; mais cette responsabilité lui pesait. Aussi ne devait-il pas laisser échapper la première occasion qui s'offrirait d'inciter Léopold Mozart à rappeler son fils à Salzbourg. Les lamentations sans fin de Wolfgang lui donnaient beau jeu, et, le 3 août, il adressait au père une lettre très habile.

« Votre fils est trop confiant, peu actif, trop aisé à attraper, trop peu occupé des moyens qui peuvent conduire à la fortune. Ici, pour percer, il faut être retors, entreprenant, audacieux. Je lui voudrais pour sa fortune, la moitié moins de talent et le double plus d'entregent, et je n'en serais pas embarrassé. Au reste, il ne peut tenter ici que deux chemins pour se

faire un sort. Le premier est de donner des leçons de
clavecin ; mais, sans compter qu'on n'a des écoliers
qu'avec beaucoup d'activité et même de charlatanerie
(*sic*), je ne sais s'il aurait assez de santé pour soutenir
ce métier, car c'est une chose très fatigante de courir
les quatre coins de Paris et de s'épuiser à parler pour
montrer. Et puis, ce métier ne lui plaît pas, parce qu'il
l'empêchera d'écrire, ce qu'il aime par-dessus tout. Il
pourrait donc s'y livrer tout à fait ; mais en ce pays-ci,
le gros du public ne se connaît pas en musique. On
donne par conséquent tout au nom, et le mérite de
l'ouvrage ne peut-être jugé que par un très petit nombre ; le public est dans ce moment si ridiculement par-
tagé entre Piccinni et Gluck, que tous les raisonnements qu'on entend sur la musique font pitié. Il est
donc très difficile pour votre fils de réussir entre ces
deux partis. Vous voyez, mon cher maître, que dans
un pays où tant de musiciens médiocres, et détestables
même, ont fait des fortunes immenses, je crains fort
que monsieur votre fils ne se tire pas seulement d'affaire. »

De pareils conseils ne pouvaient manquer de produire un grand effet sur l'esprit de Léopold Mozart,
qui s'affligeait beaucoup de l'absence et des insuccès
répétés de son fils. Il se mit alors en devoir de lui
trouver en Allemagne une place honorable, et surtout
profitable. Il sollicita cette faveur à la fois auprès de
l'Électeur de Bavière et de l'archevêque de Salzbourg,
mais sans rien attendre de ce dernier, « qui ne peut
jamais se résoudre, dit-il, quand il s'agit de payer. »

Entre temps, Léopold Mozart recevait toujours des

lettres découragées, où Wolfgang se laissait aller à
toute l'amertume que lui inspiraient ses déboires.
Bientôt même le sage Léopold, qui était le premier à
admirer et à exalter le génie de son fils, jugea à propos
de lui adresser une sévère leçon de modestie et quelques conseils de diplomatie mondaine. « Il faut, avant
tout, acquérir de la réputation. Quand Gluck, quand
Piccinni, quand tous les hommes de mérite ont-ils été
connus ? Gluck doit bien avoir soixante ans sur le dos,
et il n'y a guère que vingt-six à vingt-sept ans qu'on a
commencé à parler de lui ; et tu voudrais que dès à
présent le public français, ou seulement les directeurs
de théâtre , fussent convaincus de ta science comme
compositeur, lorsque de leur vie ils n'ont rien entendu
de toi, et qu'ils ne te connaissent depuis ton enfance
que comme un claveciniste distingué, et d'un génie particulier. Il faut donc que tu te donnes de la peine pour
percer, pour te montrer comme compositeur dans tous
les genres; et pour cela il faut saisir les occasions,
chercher des amis infatigables, les éperonner, ne pas
leur laisser de repos, les réveiller lorsqu'ils s'endor-
ment, et ne pas prendre pour fait ce qu'ils disent [*]. »

Malgré les mauvaises nouvelles qu'il recevait de
Paris, l'excellent père n'hésitait pas à accumuler éloges
et succès, lorsqu'il parlait du séjour de son fils à
l'étranger; mais c'était un rôle fort difficile, et qui

---

[*] Qu'il nous soit permis de renvoyer le lecteur à notre article :
Mozart et Richard Wagner à l'égard des Français (Supplément du
Figaro du 13 août 1876), article où l'injustice de Mozart à notre
endroit et la forme injurieuse qu'il donnait à sa pensée ont été mises
en évidence de façon à surprendre un peu les dévots de Mozart.

commençait à lui peser, obligé qu'il était, malgré ses angoisses, de se montrer satisfait, et de faire croire à chacun que Wolfgang était dans la situation la plus prospère. Enfin il va pouvoir cesser de feindre, son fils va revenir. L'Électeur palatin était resté sourd aux recommandations du prince de Seau, de Raff et du P. Martini; mais l'archevêque de Salzbourg avait accueilli les propositions de Mozart. Non seulement il donnait cinq cents florins au père et au fils, mais il regrettait (il le disait du moins) de ne pouvoir actuellement nommer celui-ci maître de chapelle : il promettait, en revanche, de le laisser aller partout où il ferait représenter un ouvrage. Belles promesses auxquelles le prudent Léopold ne croira que lorsqu'elles seront bien et dûment signées. Jusque-là, il ne veut pas que Wolfgang fasse mine de quitter Paris, et il lui recommande d'attendre une lettre précise pour se mettre en route.

Wolfgang reçut enfin cette lettre, impatiemment attendue, et partit au plus vite, le 26 septembre. Il s'arrêta quelques jours à Nancy, puis à Strasbourg, où deux concerts qu'il donna dans une salle presque vide lui rapportèrent au plus six écus d'or, juste de quoi payer les frais. Il se rendit ensuite à Manheim, où il séjourna plusieurs mois ; à Kayserskeim, puis à Munich, où il annonça à la cour de l'Électeur qu'il allait gagner de sept à huit cents florins (un petit mensonge de deux à trois cents florins que son père lui avait recommandé de commettre pour se faire valoir). Il arrivait à Salzbourg en janvier 1779, et prenait possession de ses modestes fonctions d'organiste de la Cour et du Dôme.

Le père de famille était heureux, il avait reconquis son fils; le vieillard sexagénaire pouvait serrer entre ses bras ses deux enfants bien-aimés, la gracieuse Nanerl et le bon Woferl *.

---

* En novembre 1856, M. Édouard Fournier publia à la *Revue française* un court article sur le séjour de Mozart à Paris en 1778. Nous y avons relevé quatre grosses erreurs : 1° M. Fournier dit que le *Miserere* d'Holzbauer, corrigé par Mozart, n'a pas été joué ; 2° l'auteur confond la symphonie pour flûte, hautbois, cor et basson, avec la symphonie pour orchestre, exécutée le jour de la Fête-Dieu, et il ne s'aperçoit pas du contre-sens qu'il commet en citant la lettre où Mozart dit que, si le morceau ne marche pas, il arrachera l'instrument des mains du premier violon ; 3° l'auteur croit que le ballet que Mozart composa avec Noverre est *Annette et Lubin* : or ce ballet-ci fut donné pour la première fois le 9 juillet 1778, le jour même où Mozart écrivait à son père que son ballet avait déjà été joué quatre fois ; 4° enfin, M. Fournier dit que Grimm se montra cette fois aussi dévoué à Mozart qu'il l'avait été lors de son premier voyage, tandis qu'il ne demandait, au contraire, qu'à se débarrasser de son protégé : la preuve en est dans la lettre de Grimm citée plus haut.

III

LES DEUX SÉJOURS A PARIS COMPARÉS.

VELLÉITÉS DE RETOUR.

ENU à deux reprises à Paris
pour y demander le succès et
la gloire, Mozart était, la première fois, un enfant merveilleux que son père produisait le
plus possible; plus tard, ce fut
un jeune homme de vingt-deux
ans, musicien accompli, mais dont le génie sommeil-
lait encore. Du jour où Léopold Mozart avait résolu
de faire connaître à l'Europe le prodigieux talent
de ses enfants ; du jour où le jeune homme, humilié
par les affronts de l'archevêque, avait donné sa démission et voulu se créer une situation honorable hors de
Salzbourg, les yeux du père comme les vœux du fils
s'étaient tournés vers la France. Tous deux, l'un se
faisant le guide et l'introducteur de ses jeunes enfants,

7

l'autre forcé de se présenter et de se produire lui-
même, avaient commencé leurs pérégrinations artistiques par l'Allemagne et l'Italie ; mais ils avaient bientôt
compris qu'il n'y avait pas de réputation solide qui
n'eût été consacrée par les applaudissements de la
France, pas de situation préférable à celle qu'on pouvait conquérir à Paris, la capitale des lettres et des
arts. « Partout, à la fin du dix-huitième siècle, dit Vil-
lemain dans ses études, partout se retrouvent les idées
françaises. Elles sont dans l'Académie de Berlin, dans
la cour de Catherine, dans les conseils de Joseph II.
Elles ne sont pas seulement matière de littérature et
de goût ; elles influent sur les gouvernements, elles
transforment l'esprit des sociétés. »

Léopold Mozart ne se décida à venir à Paris que
lorsqu'il crut ce voyage absolument nécessaire pour
mettre le sceau à la réputation de ses enfants. Mais
avec quelle crainte il y arriva, avec quelle sévérité il
jugea nos modes et nos mœurs ! « Les femmes sont-
elles belles à Paris ? Impossible de le dire, car elles
sont peintes comme des poupées de Nuremberg, et
tellement défigurées par ces dégoûtants artifices, qu'une
femme naturellement belle serait méconnaissable aux
yeux d'un honnête Allemand. Quant à ce qui est de leur
dévotion, je puis assurer qu'on n'aura aucune peine,
quand on voudra les canoniser, à reconnaître les miracles des saintes françaises. Les plus grands miracles
sont opérés par celles qui ne sont ni vierges, ni femmes,
ni veuves ; et ces miracles se font tous sur des corps
vivants ! Suffit ! On a de la peine à discerner ici la
maîtresse de la maison. Chacun vit à sa guise, et, sans

une miséricorde toute spéciale de Dieu, il en arrivera
du royaume de France comme autrefois de l'empire
des Perses. » Et plus tard, quand il aura décidé Wolfgang à quitter Manheim pour retourner à Paris, que
de recommandations, que de conseils superflus, que
de précautions inutiles ! Son cœur de père n'est jamais
rassuré ; il croit toujours avoir oublié quelque important avis, et se figure voir son fils exposé aux intrigues
des envieux et des chevaliers d'industrie.

C'est qu'aussi l'esprit calme et religieux de Léopold
Mozart et de son fils devait être vivement froissé par
les allures sceptiques, frondeuses et réformatrices de la
société française. Eux, de mœurs si simples et si pures,
se voyaient forcés de vivre un temps au milieu d'une
cour adonnée au plaisir, d'un monde incrédule et rail-
leur ; et c'est précisément de cette cour illustre, de
cette noblesse de sang ou de cette aristocratie de
femmes et d'hommes d'esprit, qu'il leur fallait attendre
honneur et fortune. C'était l'époque des soupers et des
parties fines : chaque seigneur, magistrat ou financier,
avait sa petite maison dans un des faubourgs de
Paris et se faisait gloire d'afficher sa liaison avec quelque danseuse ou chanteuse de l'Opéra ou des Italiens,
tandis que les dames, par un juste retour, ne tenaient
guère rigueur aux comédiens, chanteurs ou ballerins *.

---

* Que nous dit Mᵐᵉ d'Épinay de Jélyotte ? « Une chose m'étonne,
et je n'y entends rien. Jélyotte, fameux chanteur de l'Opéra, s'est
installé chez madame de Jully pendant l'hiver dernier. Il a un ton,
une aisance à laquelle je ne me fais point. Je sais qu'il y a nombre de
bonnes maisons où il est reçu ; mais cela m'est toujours nouveau, et
quand il perd vingt louis au brelan, je ne puis m'empêcher d'être
étonnée qu'on les prenne. » Et Favart sur Clairval : « La petite

C'était le temps où M. de Sartine envoyait chaque matin à Versailles le récit des anecdotes piquantes ou histoires scandaleuses qu'il avait pu recueillir pour le délassement journalier du roi et de la favorite. Mais le goût de distractions et de plaisirs qui régnait alors en France rendait précisément la scène favorable au début des enfants prodiges. La mode fit ce que n'aurait pas fait le mérite, et fut cause de la faveur inouïe dont jouirent les heureux voyageurs à Paris et à Versailles. Pas de fête complète sans la présence des *bambini*, qui, pour beaucoup de personnes, n'étaient que de gracieuses poupées. Leur père se réjouissait de ces succès sans fin, et si le monde qu'il fréquentait heurtait un peu sa nature, les cadeaux, l'argent surtout, le rendaient plus indulgent aux travers et aux vices de cette brillante société. La curiosité seule fit le prodigieux succès des deux enfants.

Par là même s'explique la différence de fortune qui signala les deux voyages de Wolfgang à Paris. Véri-

Nessel fait, à Versailles, l'admiration de tous les spectateurs par sa façon de chanter, et Clairval y est devenu la coqueluche de toutes les femmes par ses talents et sa figure. On ne saurait supporter l'idée qu'il ait été garçon perruquier ; on travaille à le faire descendre d'une ancienne maison d'Écosse. » Les jeunes femmes étaient folles de Jélyotte, écrit Marmontel, et quand il chantait, on les voyait à demi-élancées hors de leurs loges, dévorer du regard leur chanteur favori. On en voit autant de nos jours pour tel ténor ou baryton haut coté ; on a même vu une dame, une princesse, éditer à ses frais, par fanatisme pour Capoul, certain ouvrage où il faisait un rôle de berger — galant tribut de la *Déesse* au *berger*, — puis distribuer force bijoux à l'auteur de la pièce, au musicien qui lui dédiait sa partition par reconnaissance, à tous les artistes enfin qui donnaient la réplique à son cher ténor. Aujourd'hui, ce n'est plus Jupin, c'est Danaé qui se change en pluie d'or.

table enfant prodige en 1763, il n'était plus, en 1778,
qu'un artiste comme tant d'autres : il traversait alors
une période intermédiaire où les talents merveilleux
de l'enfant n'étaient plus de mise, où ne s'était pas
encore révélé son génie. L'erreur de Mozart, et aussi
de son père, fut de croire que dès son arrivée à Paris,
son nom allait voler de bouche en bouche et réveiller
dans le monde le souvenir de l'enfant prodige. Il n'en
fut rien, et le jeune homme, qui, peu flatté de sa réception à Manheim, écrivait à son père : « Ils pensent
probablement qu'étant petit et jeune, il ne peut y avoir
là dedans rien de grand ni de mûr : ils en auront
bientôt des nouvelles; » dut être bien autrement déçu
lors de son arrivée à Paris.

Les équipages ne stationnaient plus en foule à sa
porte, on ne se disputait plus sa présence, on ne le
comblait plus de bonbons, de rubans, de dentelles.
C'était à lui maintenant de courir la ville, de frapper à
toutes les portes, et, pour une qui s'ouvrait, d'en voir
dix se refermer. « Vous m'écrivez que vous pensez que
je fais force visites pour faire de nouvelles connaissances ou renouveler les anciennes; mais c'est impossible. Il n'y a pas moyen d'aller à pied ; tout est trop
loin et il y a trop de boue ; car Paris est une ville horriblement boueuse, et, pour aller en voiture, on a
l'honneur de jeter quatre ou cinq livres par jour sur le
pavé, et encore *pour rien,* car les gens se contentent
de vous donner des compliments et pas autre chose. On
me prie de venir tel ou tel jour ; j'arrive, je joue, on
s'écrie : *Oh ! c'est un prodige, c'est inconcevable, c'est
étonnant !* et puis : *Adieu.* En ai-je jeté ainsi par les

rues de l'argent, dans les commencements, le plus souvent sans même rencontrer les gens ! On ne croit pas de loin combien cela est fatal. En général, Paris a beaucoup changé : il s'en faut de beaucoup que les Français aient encore la même politesse qu'il y a quinze ans ; ils sont bien près de la grossièreté, et, de plus, ils sont horriblement orgueilleux. »

Voilà le grand mot lâché : « Paris a beaucoup changé ! » Et comment Mozart, âgé de huit ans lors de son premier voyage, se souviendrait-il des mœurs et des habitudes de l'époque ? Il se rappelle seulement les fêtes et les soirées où sa petite personne était choyée et caressée, et ces fêtes sont finies. Paris a beaucoup changé ! La situation, il est vrai, n'était pas très favorable pour qui voulait débuter. La ville et la cour flottaient de Gluck à Piccinni, et Grimm, sur l'appui duquel il avait tant compté, s'était fort refroidi à son égard, engagé qu'il était alors en pleine querelle musicale, et bien trop occupé à discuter et à écrire pour pouvoir servir utilement les intérêts du nouveau venu. Les musiciens auraient pu l'aider, mais Mozart ne s'était lié avec aucun d'entre eux. Lui-même s'en vantait ; il croyait être au mieux avec Piccinni, parce qu'il le saluait quand il le rencontrait, et quant à Grétry, qui régnait alors à la Comédie-Italienne, il ne paraît pas que Mozart ait eu le moindre rapport avec lui.

Il avait besoin de protections, dira-t-on, que ne s'adressait-il à la reine ? L'archiduchesse d'Autriche, Marie-Antoinette, à qui il avait jadis proposé de l'épouser, était montée depuis quatre ans sur le trône de France, mais la jeune reine avait accordé sa protection à son ancien maître à chanter, qu'elle appelait familièrement « notre bon Gluck. » Pouvait-elle, dès lors, seconder les débuts d'un jeune homme, qui allait prônant la musique italienne, et, sinon blâmant, du moins dédaignant les admirables créations de son compatriote ? Il y avait bien encore à la cour de nobles dames qui auraient pu reporter sur le jeune Mozart la faveur dont elles avaient entouré le petit Woferl ; c'étaient les tantes du roi, mesdames Adélaïde et Victoire, celle-ci surtout, qui avait reçu la dédicace des premières sonates de l'enfant. Mais les princesses avaient perdu le souvenir des distractions charmantes de leur vingtième année ; absorbées par les occupations d'une vie calme, par les exercices d'une ardente piété, elles ne pouvaient guère songer au jeune artiste dont, quinze ans plus tôt, elles s'étaient disputé les caresses enfantines.

La médiocre réussite de Mozart pendant les six mois qu'il passa en France découle donc de plusieurs causes. Une confiance exagérée aux promesses qu'on ne manquait pas de lui faire, un caractère fier, susceptible, ombrageux, un amour propre exagéré qui dut écarter de lui bien des protecteurs, l'ignorance absolue des piéges et des intrigues du monde que, par malheur, il croyait deviner, une méfiance exagérée à l'égard de tous les artistes, une antipathie profonde et innée pour ce monde élégant et frivole, une préférence irréfléchie pour la musique italienne : autant d'obstacles à la réalisation de ses rêves de bonheur. Tant que sa mère fut là pour le soutenir et l'exhorter au travail, il supporta bravement ces mécomptes, mais sitôt qu'elle fut morte, son mécontentement s'accrut par la tristesse, son humeur s'aigrit, et il n'eut plus qu'un désir : abandonner au plus vite cette ville funeste.

Mozart quittait la France l'âme ulcérée, ne sachant à qui s'en prendre de ses défaites et s'en prenant à tout le monde. Il déclarait que notre pays était le plus inhospitalier ; à l'en croire, c'était le dernier endroit de la terre où un musicien dût venir pour se produire et acquérir quelque célébrité. Mais attendons seulement quatre années. Mozart alors sera à Vienne ; il y est arrivé avec l'archevêque de Salzbourg, auquel, à la suite d'affronts répétés, il a adressé sa démission définitive. De puissantes protections lui ont fait obtenir la faveur d'écrire un opéra pour la cour de l'empereur Joseph II, qui, partisan exclusif de la musique italienne, était peu disposé à encourager les artistes allemands. Wolfgang vient de faire représenter son *Enlèvement au sérail*, qui n'a reçu, du public et du souverain, qu'un accueil assez froid. « Très bien ! mon cher Mozart, a dit l'Empereur, mais un peu trop de notes ! — *Pas plus qu'il n'en faut, sire,* » a fièrement répondu l'artiste. Quelques jours après cette algarade, Wolfgang ne parle de rien moins que de quitter l'Allemagne. L'Empereur se figure-t-il donc « qu'il n'est au monde que pour Vienne ? » Dieu, merci ! il se croit « en état de faire honneur à toutes les cours du monde, » et, quoiqu'il n'y ait pas sur terre de monarque qu'il aime mieux servir que l'Empereur, il partira. C'est « qu'il ne veut pas mendier, c'est qu'il ne veut ni de la pitié ni de la faveur. »

« Si l'Allemagne, ma chère Allemagne, dont, vous le savez, je suis fier, ne veut pas m'adopter, eh bien, au nom de Dieu, la France ou l'Angleterre s'enrichira d'un habile Allemand de plus, et cela à la honte de la nation allemande... Ma pensée est de me rendre durant le carême prochain à Paris, non pas, bien entendu, sans crier gare. J'ai déjà écrit à Legros à ce sujet, et j'attends sa réponse... Si je puis m'engager au Concert-Spirituel et au Concert des amateurs, comme les élèves ne me manqueront pas, et comme je suis maintenant marié, je me tirerai plus facilement d'affaire; puis j'aurai la composition ; et, en définitive, ce qui m'importe, c'est l'Opéra. »

C'est donc vers la France qu'il jette un regard d'espoir sitôt que la fortune menace de ne plus lui sourire. Mieux encore. Pendant les six mois qu'il avait passés à Paris, Mozart avait montré un souverain mépris pour nos ouvrages lyriques, mais à peine est-il de retour à Salzbourg que l'Électeur de Bavière l'appelle à Munich pour écrire un nouvel opéra, — et c'est précisément de la représentation d'*Idoménée* que date la pleine éclosion de son génie dramatique. Quelle peut être la cause de ce progrès immense ? Où l'auteur de *la Finta giardiniera* et autres gracieux badinages a-t-il puisé cette élévation de pensée, cette pureté de style, qui distinguent son *Idoménée?* N'y a-t-il pas lieu de penser que l'étude de chefs-d'œuvre tels qu'*Orphée*, *Armide* ou *Alceste* avait beaucoup contribué à donner un si grand essor aux facultés créatrices du jeune musicien et lui avait, pour ainsi dire, révélé sa propre puissance?

L'audition répétée des créations musicales de Gluck et de Rameau avait dû exercer sur son esprit une action

8

généreuse sans que lui-même en eût conscience. La fréquentation assidue de ces deux maîtres du drame lyrique lui avait enseigné à viser un idéal plus élevé que celui qu'il s'était proposé jusqu'alors. Il lui avait été donné d'assister aux premières luttes des gluckistes et des piccinnistes ; il partit l'esprit encore tout échauffé par le souvenir de cette lutte héroïque. Il quittait la France abattu, découragé : la confiance lui revint sitôt qu'il eut touché la terre allemande. Il reprit alors goût au travail, remit la main à la plume et créa son premier chef-d'œuvre.

. Désormais son génie est mûr, son inspiration maîtresse d'elle-même ; sa puissance créatrice arrive rapidement à son apogée. L'étincelle, jaillissant des créations de Gluck, a enflammé son esprit. Il va écrire coup sur coup *les Noces de Figaro, Don Juan, Cosi fan tutte, la Flûte enchantée*, et enfin le *Requiem*, cette inspiration suprême du grand musicien, qui, mourant au milieu de sa tâche inachevée, eût pu, à cette heure dernière, adresser avec confiance à sa famille en larmes ces paroles d'un trio de la *Flûte*, qu'il aimait à citer, et par lesquelles, deux mois auparavant, il terminait une lettre adressée à sa femme, à sa chère Constance : « L'heure sonne... adieu... nous nous reverrons... »

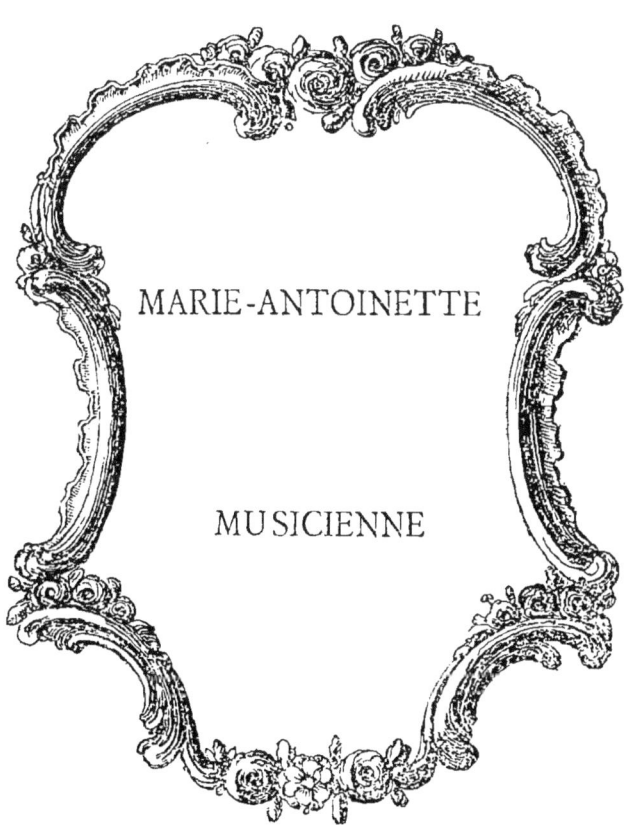

MARIE-ANTOINETTE

MUSICIENNE

I

LA MUSIQUE ET LE JEU

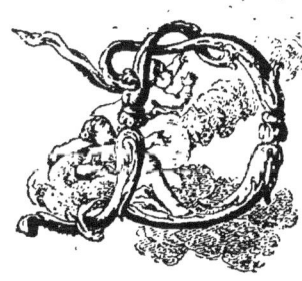 ès le premier âge de Marie-Antoinette, il semble que l'impératrice Marie-Thérèse, avec cette intelligence et cette intuition des événements qui font d'elle un des plus grands esprits politiques de l'histoire, ait pressenti quel avenir attendait sa plus jeune fille, quels calculs de politique et d'alliance reposaient sur cette gracieuse enfant, tant elle eut à cœur de la doter de tous les charmes, de toutes les grâces, de tous les talents qui pouvaient faire de l'archiduchesse autrichienne une princesse française. Elle n'avait jamais abandonné l'éducation de sa fille bien-aimée aux soins

des grandes maîtresses ; elle surveillait elle-même ses leçons et descendait jusqu'à s'occuper de son écriture, la complimentant sur ses progrès et l'encourageant d'un baiser. Lorsque l'enfant devint jeune fille, elle réunit autour d'elle les maîtres les plus capables de l'initier à toutes les grâces françaises ; elle chargea deux comédiens français, Aufresne et Sainville, d'atténuer son goût déjà trop vif pour la langue et le chant italien, en lui enseignant toutes les délicatesses de la langue, de la déclamation et du chant français ; elle fit venir ses livres et ses modes de France ; elle lui donna un coiffeur français, un maître à danser français, le célèbre Noverre, un instituteur français, l'abbé de Vermond, que Choiseul enleva de la bibliothèque du collége Mazarin pour l'envoyer à Vienne, instruire la jeune princesse promise au dauphin.

Pour la musique, Marie-Thérèse n'eut pas besoin de lui faire venir un maître de France, car elle possédait le meilleur en la personne de Gluck, alors établi à Vienne, et qui, âgé de près de cinquante ans, entreprenait une réforme radicale de son style, et produisait ses premiers chefs-d'œuvre : *Alceste, Paride ed Elena, Orfeo ed Euridice*. La jeune élève, qui, tout enfant, avait joué avec le petit Mozart, prit goût aux leçons du vieux Gluck. La harpe et le clavecin furent bientôt ses distractions favorites, et elle se garda bien de les abandonner quand elle arriva à la cour de France ; au contraire elle s'en éprit davantage, et chercha dans la musique une diversion aux ennuis de la représentation royale. Celui qui nous renseigne est digne de foi, car c'est l'ambassadeur de l'Empire, le comte de Mercy-

Argenteau, dont la correspondance secrète avec Marie-
Thérèse, publiée il y a déjà six ans, a jeté le jour
le plus vif et le plus indiscret sur le caractère et
sur la vie intime de Marie-Antoinette *. Investi de
toute la confiance de Marie-Thérèse, chargé par elle,
dans ce poste officiel, de veiller sur sa fille encore bien
jeune et de rendre compte de ses moindres actions,
Mercy-Argenteau était devenu ainsi l'organe des conseils de la mère, l'écho des paroles de la fille ; il notait
ses remarques chaque jour et les transmettait à sa souveraine qui, de son côté, se montrait fort exacte à lui
adresser des instructions avec mission de les dispenser
à Marie-Antoinette, suivant l'heure et l'occasion favorable. Et Mercy, remplit, onze années durant, cette
mission délicate, avec une si grande habileté que jamais
Marie-Antoinette ne soupçonna la vérité, avec une fidélité telle que Marie-Thérèse ne cessait pas de lui en
témoigner son contentement, sa reconnaissance. Aussi
quelles craintes elle éprouve à la pensée de le perdre !
Que l'ambassadeur soit plus ou moins gravement malade, et l'impératrice s'informera de sa santé par tous
les moyens possibles, puis, lorsqu'elle le saura rétabli,
elle lui écrira affectueusement : « Je suis bien aise que
l'indisposition dont vous avez été attaqué dans votre
voyage à Brest n'a pas eu de suites. Je me suis bien
entretenue avec Breteuil sur votre santé ; je n'en ai pas
eu toute satisfaction ; il faut penser qu'on vieillit tous

* *Marie-Antoinette, Correspondance secrète entre Marie-Thérèse
et le comte de Mercy-Argenteau*, conservée à Vienne et publiée par
les soins de MM. d'Arneth et Geffroy (3 vol. in-8°, Firmin Di-
dot, 1874).

les jours et vous conserver pour le bonheur de la mère et fille *. » Six mois après que Marie-Thérèse écrivait cette lettre à son confident, un des deux correspondants avaient disparu de ce monde, — et ce n'était pas Mercy-Argenteau.

Marie-Antoinette, disions-nous, n'avait pas délaissé ses études musicales une fois installée à Versailles, et elle savait si bien répondre aux intentions de sa mère en cultivant assidûment la musique, que deux mois à peine après son arrivée parmi nous, lorsqu'elle lui énumère heure par heure les moindres occupations de sa journée, elle n'oublie pas de noter : « A cinq heures tous les jours, le maître de clavecin ou à chanter jusqu'à six heures **. » Et Mercy, de son côté, écrivait plus tard à l'impératrice : « Depuis que Mᵐᵉ la dauphine a repris du goût pour la musique, il se tient de temps en temps chez elle, de petits concerts, où se réunit la jeune famille royale ; Mesdames n'y paraissent point ordinairement. J'ai vu un de ces concerts et je ne puis exprimer combien Mᵐᵉ l'archiduchesse y est charmante, attentive envers tout le monde, marquant avec jugement et dignité des bontés à un chacun, et donnant par là un spectacle de grâces et d'agrément qui, depuis longtemps, n'était plus connu à cette cour-ci. Ces mêmes concerts se répètent chez Madame, sœur de M. le dauphin ; j'ai obtenu de Mᵐᵉ la dauphine qu'elle voulût bien y assister, et elle y a même chanté un soir. J'ai eu en cela deux motifs : celui de multiplier les occasions d'amusement, qui arrachent à l'oisiveté

---

* Lettre de Marie-Thérèse, de Vienne, le 31 mai 1780.
** Lettre de Marie-Antoinette à sa mère, du 12 juillet 1770.

et à l'ennui, et celui de procurer à la comtesse de
Marsan une satisfaction qu'elle avait fort à cœur. Il
n'est point inutile de ménager cette femme dangereuse,
et je ne crains point qu'elle séduise Mme l'archiduchesse, parce qu'elle la connaît et sait l'apprécier à sa
juste valeur *. »

C'est donc Mercy qui décida Marie-Antoinette à
chanter une première fois en famille, et Marie-Thérèse
marquait sa satisfaction que la dauphine « s'amusât à
la danse et à la musique, parce qu'il fallait qu'elle s'oc-
cupât de quelque chose **. » La jeune princesse avait
rapidement pris goût à ces succès de salon et elle-
même écrivait à sa mère en janvier 1773 : « Malgré les
plaisirs du carnaval, je suis toujours fidèle à ma chère
harpe, et on trouve que j'y fais des progrès. Je chante
aussi toutes les semaines au concert de ma sœur
Madame ; quoiqu'il y ait fort peu de monde, on s'y
amuse fort bien, et d'ailleurs cela fait grand plaisir à
mes deux sœurs. » L'ambition naissante de l'artiste
perce déjà dans ce : « quoiqu'il y ait fort peu de
monde » ; mais l'impératrice ne distingua pas ce léger
regret, et elle voyait alors si peu de mal à ce que sa fille
cultivât la musique qu'elle lui envoyait pour réponse
un morceau de harpe en ajoutant, non sans malice :

---

* Lettre de Mercy, du 15 juin 1772. Mercy explique longuement,
par la suite, les raisons qu'il y avait de ménager le prince de Soubise,
chef de la maison de Rohan, très aimé de Louis XV, et sa sœur
Mme de Marsan, ancienne gouvernante du dauphin, femme habile et
intrigante, toute dévouée à ce qu'on appelait la cabale des dévots,
c'est-à-dire aux ennemis de Choiseul et de l'alliance autrichienne.
  ** Lettre de Marie-Thérèse, du 2 juillet 1772.

« Vous me direz si vous avez pu l'exécuter ou non *. »

Mercy, qui surveillait la dauphine de près, discernait bien quel attrait de plus en plus vif les jeux et les succès artistiques offraient à ce jeune et mobile esprit, mais il ne pensait nullement alors à détourner la jeune femme de ses exercices musicaux. « Je n'ai rien de particulier à rapporter sur les occupations journalières de Mᵐᵉ l'archiduchesse, écrivait-il le 18 mai 1773, si ce n'est qu'elle paraît s'être maintenant déterminée plus positivement à les remplir avec plus de suite que par le passé. Il semble même que Son Altesse Royale a voulu s'astreindre elle-même à une forme constante et invariable, en mettant par écrit une sorte d'agenda qu'elle a eu la bonté de me lire, et qui comprend la distribution des heures de la journée. Il y est dit qu'en se levant Mᵐᵉ l'archiduchesse emploiera les premiers moments à la prière, qu'ensuite elle s'occupera de la musique, de la danse, et d'une heure de lecture raisonnable : c'est l'expression que porte l'agenda... » Il semble que cette règle de vie ait été suivie au moins pendant plusieurs semaines, car Mercy ne signale de quelque temps aucune infraction grave. A l'été de l'année suivante, la cour une fois installée à Compiègne, il écrit même pour la huit ou dixième fois à l'impératrice : « Il y a une telle uniformité dans la façon dont la reine emploie ici son temps, qu'il n'existe presque pas la moindre différence d'une journée à l'autre. La reine se lève entre neuf et dix heures ; elle prend son déjeuner et reçoit successivement des visites de la fa-

* Lettre de Marie-Thérèse, du 3 mars 1773.

mille royale. La toilette se fait à onze heures, à midi la messe ; communément j'ai occasion de parler à la reine avant son dîner, qui est à une heure et un quart après midi. Sa Majesté fait de la musique et souvent me donne audience jusqu'au moment de la promenade, qui est après cinq heures et qui dure presque jusqu'au temps du souper. Tous les soirs, le roi soupe chez la reine, et il n'y a que ceux qui ont les entrées de la chambre qui soient admis à faire leur cour dans ce moment-là *... »

Combien différente la lettre que Mercy rédigeait juste trois mois plus tard, après que la cour eut terminé ses séjours dans les diverses résidences royales et repris ses quartiers d'hiver ! « Les occupations de la reine et ses amusements ont été, pendant tout le temps de Fontainebleau, de la plus grande uniformité. Sa Majesté allait à la chasse, en calèche, deux fois la semaine ; les autres jours, elle faisait une promenade à pied ou à cheval ; le deuil n'ayant admis ni spectacle, ni bals, il ne restait d'autres ressources pour les soirées que le jeu au cercle, qui commençait à sept heures et qui finissait à neuf. Quant aux occupations, je ne puis guère en citer d'autres que celle de la musique. La reine prenait tous les matins sur la harpe une leçon qui durait une heure et demie, quelquefois deux heures. Il y avait presque toutes les après-midi un petit concert qui servait de répétition à la leçon du matin. Les progrès que la reine fait dans la musique augmentent le goût qu'elle y prend ; mais il en résulte la perte de beaucoup

* Lettre de Mercy, du 15 août 1774.

de temps qui pourrait être employé d'une façon plus
utile. Je me suis permis là-dessus quelques réflexions
que la reine a prises en bonne part et desquelles elle
n'est point disconvenue. Je lui ai représenté que le
plaisir d'exécuter soi-même de la musique n'était satisfait qu'autant qu'on la possédait à un certain degré de
perfection, parce que ce plaisir est un objet d'amour-
propre. Cet art est d'une extrême difficulté : il exige
une partie de la vie pour en vaincre les difficultés, ce
qui ne peut se pratiquer que par ceux qui en font une
profession ; de là il résulte que les personnes d'un
rang élevé finissent communément par n'avoir qu'à
regretter la perte du temps qu'elles ont employé à
vouloir apprendre un art dans lequel il leur est presque impossible d'exceller et qui n'admet point de médiocrité. J'ai tâché de faire valoir ces remarques au
profit des lectures, qui continuent à être fort négligées,
malgré les résolutions que la reine forme de temps en
temps de reprendre cette occupation si utile et si nécessaire *. » Et Marie-Thérèse, inquiète, répond vite
au confident perspicace qui avait aussi bien traduit que
deviné ses pensées : « Vous avez très-bien fait de
faire sentir à ma fille que la musique peut l'amuser
sans l'occuper cependant, au point de la détourner des
objets plus essentiels et plus conformes à son rang **. »

Le voyage annuel de la cour à Fontainebleau paraît
avoir été l'époque où la légèreté de la reine, à entendre Mercy, reprenait facilement le dessus sur les plus
sages résolutions, et l'année suivante, l'ambassadeur

* Lettre de Mercy, de Paris, le 17 novembre 1774.
** Lettre de Marie-Thérèse, du 1er décembre 1774.

s'en expliquait encore ainsi avec sa souveraine : « Ce n'est pas que la reine ne les reçoive (les vérités) toujours avec une extrême bonté, mais les impressions sur cette charmante et auguste princesse sont si passagères qu'avec tout l'esprit, tout le jugement et la bonne foi possibles, elle est sans cesse arrachée à elle-même, en convenant toujours qu'on l'induit en erreur. Je ne dois point me faire illusion à moi-même, et ce serait manquer de fidélité à Votre Majesté si je lui dissimulais qu'il n'y a que le temps et l'expérience qui puissent amener la reine au point de conduite et de raison désirable. » Mercy voyait juste en écrivant cela dès le mois de juin 1775, car lorsque le temps du voyage à Fontainebleau fut revenu, les dissipations, les courses, les chasses, les jeux, reprirent de plus belle, non-seulement à l'automne de cette année, mais aussi à celui de 1775, et Mercy écrivait encore à l'impératrice : « Pour en revenir aux amusements de la reine, j'observerai qu'ils se multiplient moins par la variété des objets que par le temps que Sa Majesté emploie à ceux qui sont de pure dissipation, et ce temps consume les trois quarts de la journée. La musique en remplit quelques heures, le reste se passe en chasses et en fréquentes promenades aux différents spectacles de Paris. Dans le courant du mois, la reine est venue plusieurs fois à l'Opéra ; elle a été bien reçue du public, cependant avec moins d'acclamations que de coutume. L'avant-dernière fois que Sa Majesté vint au théâtre, il y arriva un accident qui n'eut point de suite, mais qui causa un grand effroi. D'une troisième loge, il tomba perpendiculairement au-dessus de la reine un tabouret qui brisa l'instrument d'un musicien de l'orchestre, et si la reine avait eu le bras avancé hors de sa loge, elle aurait pu être atteinte par la chute de cette masse. Sa Majesté, par bonté, ne voulut pas qu'on fît des recherches sur les auteurs d'une si indigne étourderie, et par cette raison elle est restée assoupie ; mais j'ai cru devoir en parler au ministre de Paris et réclamer des ordres précis et sévères pour qu'en pareil cas on prenne plus de précautions sur les gens qui peuvent se trouver dans les entours de la reine, cette attention étant ici plus nécessaire qu'ailleurs, vu les effets que peut produire l'esprit inconsidéré et pétulant de la nation *. »

Du reste, la reine convenait elle-même de ses torts avec une franchise que Mercy se plaisait à reconnaître et, précisément sur ce sujet, elle écrivait à sa mère, en 1777 : « ... Nous sommes à Fontainebleau depuis huit jours, le roi est enrhumé depuis ce temps-là, cela ne l'empêche pourtant pas de sortir... Tout l'été, je suis très-peu sortie de chez moi, tant pour ma santé que commençant à savoir m'occuper un peu mieux chez moi que par le passé. Je lis, je travaille, j'ai deux maîtres de musique, l'un de chant, l'autre de harpe ; j'ai repris un peu le dessin, tout cela m'occupe et m'amuse. Voici le moment de la plus grande dissipation, qui est le voyage de Fontainebleau ; mais j'ose assurer à ma chère maman que cela changera fort peu de chose à mon train de vie ordinaire... » Et l'impératrice, tout heureuse de ces bonnes résolutions, répondait

* Lettre de Mercy, de Fontainebleau, le 18 octobre 1776.

courrier par courrier à sa fille : « J'étais bien enchantée de votre dernière lettre ; vous entrez en matières et
détails, et rien ne peut m'ennuyer de ce qui vient de
vous. Le moindre sujet est pour moi un objet des plus
importants, vous aimant si tendrement, n'étant occupée que de votre bien-être. Je suis bien aise que vous
continuez la musique, l'ouvrage et surtout la lecture,
d'autant plus que le roi n'est pas enclin à tous ces
bruyants plaisirs qui n'ont qu'un certain temps, finissent par eux-mêmes et laissent un grand vide et souvent encore des inconvénients. Si je n'en connaissais
tout le mal, pourquoi voudrais-je vous en priver ? J'y
contribuerais plutôt et de tout mon cœur. Le jeu est
sûrement un des plus mauvais, cela attire mauvaise
compagnie et propos. »

Marie-Thérèse atteignait presque à l'éloquence sous
une forme familière quand il s'agissait de mettre sa
fille en garde contre les entraînements du jeu. Malheureusement ces excellents conseils étaient en pure
perte, et lorsque la reine se décernait à elle-même un
satisfecit en annonçant à sa mère qu'elle avait absolument renoncé au jeu hors de chez elle, elle était
démentie par Mercy qui écrivait dans le même temps
à Marie-Thérèse : « La passion du jeu, dont la reine
est plus que jamais occupée, a donné lieu à plusieurs
inconvénients qui en sont les suites nécessaires. Les
parties de jeu sont devenues quelquefois tumultueuses
et indécentes ; elles ont occasionné, de la part de ceux
qui tiennent la banque, des reproches à quelques femmes de la cour sur le peu d'exactitude dans leur façon
de jouer. Il y eut un soir entre le duc de Fronsac et la

comtesse de Grammont une scène assez vive en ce genre. De pareils scandales, qui ne peuvent être ignorés, ne manquent pas de faire naître bien des propos. La reine en a senti tout l'embarras, et elle a cru en éviter une partie en retournant de temps en temps jouer chez la princesse de Guéménée. D'ailleurs les pertes au jeu augmentent, les finances de la reine en sont entièrement épuisées ; les anciennes dettes, par conséquent, ne se paient pas, et il n'y a jamais des fonds pour les actes de bienfaisance *. »

Le jeu prenait décidément le dessus dans les distractions de la reine, qui négligeait sensiblement la musique, après s'en être occupée avec assez de suite durant les hivers où elle donnait deux ou trois concerts chez elle par semaine **, et Marie-Thérèse désolée écrivait à Mercy : « Je ne vois que trop les mauvais effets de sa légèreté et de son obstination à tenir à ses goûts et volontés. Je ne compte plus de pouvoir la détourner du gros jeu par des remontrances ; aussi me dispensé-je de les reprendre sur cet article. Il n'est moyen d'extirper cet abus que de le couper tout court ***. » L'impératrice et son conseiller auraient vivement désiré voir la reine revenir à la musique dont ils la détournaient naguère, mais si grande attention qu'il fît à noter le moindre retour vers les choses sérieuses, Mercy ne voyait pas grande amélioration de ce côté. « La reine a un peu repris la musique depuis cet hiver, écrivait-il le 17 janvier 1778 ; ce n'est pas cepen-

---

* Lettre de Mercy, du 12 septembre 1777.
** Lettre de Mercy, du 17 janvier 1777.
*** Lettre de Marie-Thérèse, du 31 janvier 1778.

dant avec le même goût que par le passé, mais plutôt
pour tâcher de suppléer au défaut d'autres moyens
d'employer le temps. » Au bout d'une année et plus
cependant, Marie-Antoinette revenait plus régulièrement à ses premières distractions et Mercy s'empres-
sait d'écrire à sa souveraine : « Sa Majesté semble
avoir repris un peu de goût pour la musique ; depuis le
retour de celui qui lui enseignait à jouer de la harpe,
elle prend assez régulièrement des leçons sur cet instrument, et il y a des jours marqués dans la semaine
pour des petits concerts qui ont lieu dans l'intérieur
des cabinets *. »

Ce beau feu musical dura cette fois et se développa
plus que n'auraient désiré Marie-Thérèse et son confident. La reine se lassa vite de faire simplement de
la musique, et elle amena bientôt son facile époux à
permettre la reprise de représentations théâtrales
qu'elle avait essayées avec ses belles-sœurs, du temps
où elle était dauphine, mais qu'elle n'avait pas osé
reprendre depuis la mort du roi. Moins d'un an après
la lettre de Mercy, c'est-à-dire au milieu de 1780, la
reine commençait de jouer la comédie avec ses amis ;
elle formait une véritable troupe dramatique, et inau-
gurait cette série de représentations qui se prolongè-
rent pendant cinq ans avec de fréquentes intermitten-
ces de zèle et de lassitude, de paresse et d'ardeur. Elle
avait bien, au printemps de cette même année, orga-
nisé des représentations intimes sur le théâtre de
Trianon ; mais elle n'était encore que spectatrice, et

* Lettre de Mercy, du 15 septembre 1779.

Mercy pouvait écrire à Marie-Thérèse le 17 mai : « La reine passe souvent les journées à son château de Trianon, et quelquefois les soirées : on y donne alors des spectacles, auxquels le roi se trouve régulièrement ; il n'y a que l'intérieur de la cour qui soit admis à ces petites fêtes ; elles commencent par des promenades dans les jardins jusqu'à l'heure du souper, après lequel on se rend au théâtre, et ce que cet arrangement a de plus utile, c'est qu'il fait diversion aux jeux de hasard. » Trois mois ne s'étaient pas écoulés depuis cette lettre, que Marie-Antoinette, de spectatrice, devenait actrice.

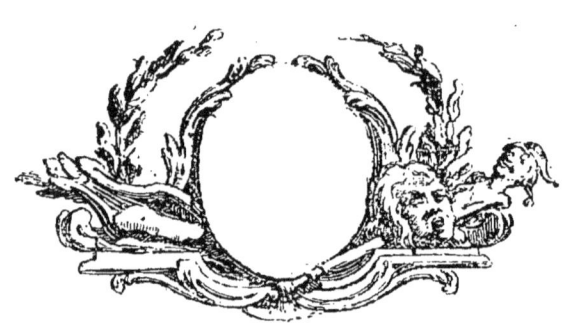

II

ı la reine ne paraît pas avoir jamais marqué un talent réel dans ces jeux de théâtre, elle y apportait du moins beaucoup de grâce naturelle, et le charme de sa personne pouvait faire excuser sa gaucherie de comédienne et son inexpérience de chanteuse. Là encore elle montrait son goût pour la musique en représentant surtout des ouvrages de la Comédie-Italienne. Il faut dire aussi que la pauvreté de voix des chanteurs improvisés ne leur permettait pas d'aborder le grand opéra, qui d'ailleurs les aurait peu divertis ; ils s'en tenaient donc sagement au genre mixte de la comédie à ariettes, où ceux qui ne savaient pas jouer essayaient de chanter, où ceux qui ne pouvaient chanter faisaient

semblant de jouer. Aussi, sur près de vingt pièces que
représenta la noble compagnie, les opéras-comiques
entrent-ils presque pour les deux tiers : *Rose et Colas,
le Roi et le Fermier, On ne s'avise jamais de tout,* de
Monsigny ; *Isabelle et Gertrude,* de Blaise ; *les Sabots,
les Deux Chasseurs et la Laitière,* de Duni ; *le Tonne-
lier,* d'Audinot ; *le Sorcier,* de Philidor ; *le Devin du
village,* de Rousseau, etc. Mais par un renversement
que peut seule expliquer l'insuffisance vocale de la
troupe, ce ne fut pas l'opéra-comique, où ils s'exer-
çaient de préférence, qui valut aux comédiens amateurs leurs meilleurs succès ; ce fut la comédie d'intrigue : *la Gageure imprévue* et *l'Anglais à Bordeaux,
le Sage étourdi* et *les Fausses Infidélités, le Barbier de
Séville* surtout, dont cette exécution par la reine et le
comte d'Artois, par MM. de Vaudreuil, de Guiche et
de Crussol, causa encore plus de surprise à Paris
qu'elle n'avait eu de succès à Trianon. Aussi bien la
comédie de Beaumarchais fut la dernière pièce que la
reine entreprit de jouer avec ses amis : peut-être aurait-
il mieux valu pour tous s'arrêter avant *.

Que la reine pinçât de la harpe ou touchât du clavecin, qu'elle soupirât la romance ou jouât la comédie,
rien de mieux ; qu'elle composât de la musique, nenni.
On lui attribua pourtant une mélodie demeurée célèbre, comme on a fait souvent à l'égard de différents sou-

---

* Il serait superflu d'en dire davantage sur ce côté accessoire de notre
sujet, d'autant plus que l'historique complet des jeux dramatiques de la
reine nous a déjà fourni la matière d'un long travail : *La Comédie à la
cour de Louis XVI, le théâtre de la reine à Trianon,* d'après des
documents nouveaux et inédits. (In-8°, 1875).

verains, mais il faut reconnaître que rarement attribu-
tion semblable fut moins justifiée. Il n'est pas rare,
lorsqu'un air quelconque devient populaire, qu'on
reporte à divers auteurs le mérite de l'avoir trouvé ; il
en fut précisément ainsi pour la romance de *Pauvre
Jacques*, qu'on donna successivement pour être de
Marie-Antoinette ou de l'Anglais Dibdin. Il paraît
prouvé cependant que son véritable auteur est la marquise de Travanet, qui en composa les paroles et la
musique ; mais l'histoire politique de cette romance
n'est pas sans prêter quelque créance à ces deux attributions. La reine aimant à la chanter, on y vit plus
tard, après la chute de la royauté, une allusion aux
malheurs de Louis XVI et de Marie-Antoinette, de
façon que la romance répandue à l'étranger par les
proscrits sortis de France devint comme la *Marseil-
laise* des émigrés : alors, *Pauvre Jacques* fut déclaré
suspect et défendu en France. Et pendant ce temps,
de l'autre côté du détroit, le comédien-musicien Dibdin
faisait connaître cette mélodie et lui conquérait une
telle vogue, qu'en peu de mois on en tira à Londres
plus de dix-sept mille exemplaires. Dibdin avait eu le
profit de *Pauvre Jacques*, Marie-Antoinette en eut la
gloire et la marquise de Travanet n'en tira ni gloire ni
profit : combien d'auteurs en sont là qu'on ne connaît
pas et qu'on ne connaîtra jamais !

Ce rapide examen des lettres échangées entre la
grande impératrice et son confident intime, en ce qui
concerne le goût et l'ardeur variable de Marie-Antoinette pour les choses de la musique, prouve au moins
ceci : Marie-Thérèse et Mercy-Argenteau avaient quel-

que peine à suivre ces rapides évolutions de pensée, ces variations subites, ces mille caprices qui passaient par cette jeune tête, et dont elle s'éprenait avec la vivacité naturelle à son âge : ils essayèrent de les combattre, de les atténuer l'un par l'autre et ne réussirent qu'à demi. Ils avaient d'abord excité la dauphine à cultiver la musique, même à faire valoir son talent, pour la garer de récréations plus dangereuses ; mais quand ils jugèrent qu'elle était trop éprise de musique, ils cherchèrent à reporter son attention vers la lecture, et enfin, lorsqu'elle eut abandonné sa harpe, ses livres, ses cahiers de chant et qu'elle fut prise de la fièvre du jeu, ils auraient été trop heureux de la voir reprendre de temps à autre ses premiers amusements, et ils mirent alors à la pousser dans cette voie autant d'insistance qu'ils en mettaient précédemment à l'en écarter.

La reine — nous le savons de reste par les rapports de Mercy — donnait assez souvent des petits concerts intimes dans ses appartements particuliers de Versailles, de Compiègne ou de Fontainebleau. Elle-même écrivait à sa mère, de Marly, le 13 juin 1776 : «...Mon goût pour la musique n'a pas cessé ; je m'en occupe aussi souvent et avec autant de plaisir. Jusqu'au voyage de Marly, j'ai eu toutes les semaines un concert chez moi, où je chantais avec plusieurs personnes. » Si l'on en croit le comte de Reiset [*], deux artistes se seraient particulièrement distingués dans ces séances intimes : d'abord le jeune Dalvimare, petit prodige en musi-

---

[*] *Lettres inédites de Marie-Antoinette,* publiées et annotées par le comte de Reiset (Paris, 1876 ; p. 24 et 25).

que, à peine âgé de dix-huit ans, que le duc de Pen-
thièvre avait recommandé à la reine, et qui joua plusieurs morceaux de sa composition sur la harpe, aux
grands bravos de l'assistance princière ; puis Steibelt,
maître de musique de la reine et principal organisateur
de ces soirées musicales.

C'était un jeune Allemand de grand talent sur le
piano, ajoute M. de Reiset, mais il savait à peine quelques mots de français. Quoiqu'il n'eût pas une belle
voix et qu'il ne chantât qu'en allemand, on avait, à la
cour, beaucoup de plaisir à l'entendre : sa manière de
jouer du piano devint à la mode. Un soir, il chanta à
Versailles, devant la reine, sa protectrice, plusieurs
airs d'un opéra de sa composition, et il produisit un
tel effet sur l'auditoire, qu'une dame fut saisie tout à
coup d'une attaque de nerfs, puis une seconde et deux
autres encore furent subitement dans le même état.
Leurs convulsions étaient violentes, on les fit sortir
dans le parc, et peu de temps après on y trouva le
compositeur qui lui-même était tombé auprès d'une
des pièces d'eau, étendu à terre, sans connaissance, et
baigné dans son sang. Revenu à lui, Steibelt fit entendre qu'ayant vu plusieurs dames dans des souffrances
extraordinaires, il avait cru qu'elles étaient mortes et
que, saisi d'effroi, il était tombé lui-même dans le jar-
din ; pendant plus de huit jours il ne fut question, dans
tout Paris, que de cette aventure tragi-comique du
pauvre musicien. L'histoire est jolie et agréablement
racontée par M. de Reiset, qui néglige malheureusement de dire où il l'a trouvée, mais les dates ne permettent pas d'y ajouter foi, pour Dalvimare non plus

que pour Steibelt. Celui-ci, d'abord, ne fut jamais maître de musique de la reine, par la simple raison qu'il
n'arriva à Paris qu'en 1790, à une époque où la
reine n'organisait plus de concerts intimes. Quant à
Dalvimare, c'est également vers cette époque qu'il
quitta sa province pour venir à Paris, âgé déjà de près
de vingt ans, et lorsque les événements de 1789 l'eurent contraint de chercher une ressource pour vivre
dans son petit savoir musical et dans son grand talent
sur la harpe, qu'il avait cultivé jusque-là pour se distraire en famille et s'amuser.

Cette correspondance secrète de Mercy, où la politique tient une si grande place et la musique une si
petite, nous apprend pourtant une chose encore bien
ignorée, certain projet de Marie-Thérèse qui semble-
rait tout simple aujourd'hui, mais qui était tout à fait
original en ce temps de locomotion difficile et de voyages prolongés. Gluck, alors même qu'il eut triomphé à
Paris avec *Iphigénie en Aulide* et *Orphée*, n'avait pas
abandonné sa patrie ; il se partageait entre Vienne et
Paris, comblé des faveurs des deux cours, également
honoré de la mère et de la fille qui lui avait attribué,
l'année même où se place cet épisode, une pension de
six mille livres. Lorsque Gluck dut revenir à Paris, en
novembre 1774, Marie-Thérèse lui remit une courte
recommandation pour l'ambassadeur, mais c'est seulement quelques jours après qu'elle fit tenir à celui-ci un
billet lui expliquant les projets artistiques qu'elle rou-
lait dans sa tête. « Je veux encore vous faire part en
secret de l'idée que j'ai de faire représenter ici l'opéra
français *Iphigénie*, à l'occasion de l'arrivée ici de mon

fils Ferdinand et de son épouse, qui viendront ici l'année prochaine de Milan. Les acteurs, mais qui devraient être d'assez bonne qualité, devraient être rendus ici à la fin d'août; je pense les retenir ici jusqu'à la fin de novembre. Vous me feriez plaisir de tâcher de découvrir sous main si je pourrais compter sur ces gens, et s'ils seraient disposés à se contenter de quelque chose de raisonnable pour leur voyage ici, où j'aurais soin de les faire loger, sans former des prétentions mal déplacées. Mais comme, par l'apparition de cet opéra, je voudrais faire une surprise à l'empereur, à ma fille et au public, il m'importe que cette affaire soit traitée avec secret, et quoique je suis d'avis que vous pourriez en parler à Gluck, il faudra y mettre quelque réserve parce que je ne me fie pas trop à sa taciturnité. »

Mercy-Argenteau fit réponse à sa souveraine le 19 janvier 1775, et cette lettre, où il ne parle presque que de l'Opéra et des lois qui le régissaient, est particulièrement curieuse, en ce qu'elle dévoile l'opinion d'un homme d'État étranger sur cette vaste machine artistique.

Sacrée Majesté, les deux très gracieuses lettres de Votre Majesté, datées du 15 novembre dernier, et que m'a remises le comte de Fossières, exigent une réponse séparée avec quelques observations sur les moyens d'effectuer l'intention où Votre Majesté est de faire représenter, à Vienne, l'opéra français *Iphigénie*.

La valeur et l'importance peu méritée que le public de Paris attribue à son Opéra, est sans doute la cause qui a déterminé le gouvernement à donner à ce spectacle et à l'ensemble qui le compose une forme tout à fait particulière et qui l'assimile à une institution nationale, stable et permanente. C'est par suite de ce plan que, par lettres patentes de Louis XIV, le corps des acteurs de l'Opéra est érigé en Académie royale de musique, et que, parmi un nombre de priviléges aussi extraordinaires qu'absurdes, il en est un entre autres, fondé par lettres patentes du roi, qui déclare que la profession de chanteur de l'Opéra ne déroge point à la noblesse, et que, par conséquent, un noble peut exercer cette profession sans perdre son droit d'ennoblissement ; privilége qui ne regarde cependant que les acteurs chantants, et auquel les acteurs dansants ne participent point.

Tous ces acteurs ont des appointements fixes, payés par l'Hôtel de Ville de Paris et avec l'assurance d'une pension de retraite de la moitié de leurs appointements. Indépendamment de cela, ces mêmes acteurs sont agrégés à la musique du roi avec des appointements affectés à ces places. Il résulte de là que les acteurs de l'Opéra, doublement liés à perpétuité au service de la Cour et à celui de la Ville de Paris, ne peuvent contracter aucun engagement relatif à leur talent ni s'absenter que par une permission ou un ordre exprès du roi.

Ce qui est exposé ci-dessus ne présente que des embarras ; mais comme toute difficulté doit céder aux intentions de Votre Majesté, je n'ai pensé qu'aux moyens de les exécuter, et me suis d'abord concerté là-dessus avec le maître de chapelle Gluck, en lui enjoignant le secret de façon à m'assurer qu'il ne le violera pas. Comme il serait impossible qu'en aucun temps l'Opéra de Paris restât suspendu, j'ai proposé à Gluck de composer sur-le-champ une pièce nouvelle et arrangée de manière à pouvoir être exécutée par les sujets faibles et destinés, dans les cas de besoin, à doubler les pre-

miers acteurs qui sont indispensablement nécessaires
pour représenter l'opéra d'*Iphigénie*. Ce nouvel
ouvrage, auquel Gluck travaille déjà, le mettra peut-
être dans le cas de rester ici quelques semaines de plus
que ne porte sa permission, mais j'ai lieu de croire que
Votre Majesté daignera ne le pas trouver mauvais,
puisque cela n'arrive qu'en vue d'employer un expé-
dient nécessaire à l'exécution de ses intentions.

En cherchant à diminuer autant que possible les
embarras, Gluck a trouvé que cinq des premiers
acteurs, et douze voix pour les chœurs, suffiront à
représenter son opéra d'*Iphigénie*; il s'agira par conséquent de dix-sept personnes à envoyer à Vienne. Le
moyen unique de déplacer ces acteurs sera un ordre
exprès du roi; et il n'y a pas le moindre doute que ce
monarque se fera un plaisir de complaire à Votre Majesté dans l'objet dont il s'agit, et relativement auquel
tout pourra être arrangé de façon à ce que le spectacle ne soit point suspendu à Paris.

Quant aux frais que pourra occasionner l'exécution
du projet en question, la dépense en sera d'autant
plus forte que les honoraires des acteurs dépendront
uniquement du bon plaisir et de la munificence de
Votre Majesté, n'y ayant pas moyen, par les raisons
exposées ci-dessus, de fixer des engagements avec les
acteurs susdits. Quand il plaira à Votre Majesté de me
l'ordonner, je pourrai mettre sous ses yeux un aperçu
qui indiquera à peu près jusqu'où la dépense dont il
s'agit pourrait se monter. Je finis par une remarque,
qui est que le public d'ici serait à coup sûr très flatté
que Votre Majesté voulût voir un spectacle à la valeur
duquel la nation française a toujours mis un certain
amour-propre, et peut-être beaucoup plus que la chose
ne le mérite.

Le moyen imaginé par Mercy était ingénieux, mais

un peu trop compliqué, sans compter qu'il menaçait d'induire l'impératrice en une grosse dépense. Marie-Thérèse le comprit bien ainsi et elle répondit courrier par courrier : « Comte de Mercy, ensuite des informations que vous me mandez sur le pied où sont à Paris les acteurs de l'opéra d'*Iphigénie*, je trouve que l'idée de les faire venir ici serait aussi embarrassante que dispendieuse ; il n'en sera donc plus question. Hors que Gluck puisse en emmener un couple pour donner une idée de ce spectacle pour le mois de juin jusqu'à octobre, mais je ne voudrais y mettre ni dépense ni me charger de trop de personnel *. » Le projet ainsi réduit aurait encore coûté cher à Marie-Thérèse, et Mercy ne manqua pas de la dissuader, en l'assurant que les acteurs français des troupes ambulantes, jouant d'ordinaire l'opéra-comique, feraient très bien l'affaire et que Gluck saurait tirer un excellent parti de leurs talents **. L'impératrice se rangea d'autant plus volontiers à cet avis qu'il servait mieux ses goûts de sage économie, et elle manda à l'ambassadeur qu'elle « trouvait à propos de laisser tomber le projet de faire engager par Gluck quelques acteurs français ***. » Les choses, ainsi arrangées, n'en allèrent que mieux pour les finances de l'Empire, sinon pour l'Opéra de Paris, qui dut représenter tout de même l'ouvrage fourni par Gluck en guise de bouche-trou ****.

* Lettre de Marie-Thérèse, de Vienne, le 4 février 1775.
** Lettre de Mercy, du 20 février 1775.
*** Lettre de Marie-Thérèse, du 4 mars 1775.
**** *Cythère assiégée*, opéra-ballet en trois actes, de Favart, joué sans succès à l'Opéra, le 1er août 1775. Ce ballet était tiré d'une ancienne

Mercy-Argenteau connaissait de première main l'organisation de l'Académie de musique, et les coulisses de l'Opéra n'avaient pas de mystère pour lui. Il joua même dans les affaires artistiques de la France un rôle qu'on n'aurait jamais soupçonné sans la découverte de nombreux papiers secrets. Par sa position officielle, par le crédit qu'il avait à la cour, il exerçait une influence prépondérante, à l'occasion, sur les décisions du ministre de Paris ayant l'Opéra dans ses attributions ; c'est ainsi qu'il avait servi d'intermédiaire officieux dans toutes les négociations ayant pour but d'amener Gluck en France. Il avait su servir discrètement les vues artistiques de la dauphine comme les intérêts du compositeur allemand, et celui-ci lui en avait témoigné sa reconnaissance en appuyant de sa grande autorité le talent déjà sur le déclin et les prétentions arrogantes de la première actrice de l'Opéra, Rosalie Levasseur, que ses relations avouées avec Mercy-Argenteau avaient fait surnommer l'*Ambassadrice*. Il faut lire les lettres échangées en ce temps entre le ministre et l'intendant des Menus pour voir quels droits s'arrogeait Mlle Levasseur, et quels ménagements on ne cessait d'avoir envers elle, par égard pour ce protecteur tout-puissant. Alors même que son rôle de confident intime entre la mère et la fille eut pris fin par la mort de Marie-Thérèse, arrivée en 1780, Mercy-Argenteau continua d'avoir l'oreille de la reine et conserva le rôle important qu'il

comédie en prose avec couplets de Favart et Fagan, représentée en 1744 au théâtre de la foire Saint-Laurent, mais cette adaptation musicale de *Cythère assiégée* remontait à 1759, et avait été faite par Gluck, à Vienne, sur les ordres du comte Durazzo.

avait joué jusque-là dans la querelle musicale, grâce à son seul titre d'ambassadeur de Vienne. C'est lui qui recommandera Lemoyne, l'auteur de *Phèdre*, qui avait longtemps habité les pays du nord, et il faut voir avec quel empressement le baron de Breteuil, ministre de Paris, accueille aussitôt la requête de Lemoyne; c'est encore lui qui interviendra, quand on négociera à propos des *Danaïdes,* pour assurer au comité « que les deux premiers actes sont bien du chevalier Gluck, et que le troisième a été écrit sous la dictée du célèbre compositeur par M. Salieri. » Assertion doublement fausse, du reste, et qui ne trompera personne, ni le ministre, ni le comité [*].

Certaine lettre de Marie-Thérèse prouve bien à quel point Mercy se trouvait mêlé à toutes les affaires artistiques du royaume; c'est celle qu'elle lui adressa lorsque l'illustre Noverre, fixé depuis 1770 à Vienne, où sa grande réputation et ses succès l'avaient fait engager, s'apprêtait à rentrer en France pour occuper la place de maître de ballets à l'Académie de musique. « Comte de Mercy-Argenteau, écrivait l'impératrice le 17 juin 1776, Noverre va retourner en France, et j'ai bien voulu l'accompagner de cette lettre pour vous faire connaître ma satisfaction sur la conduite qu'il a tenue ici, et sur le bon effet que sa réforme a opéré dans notre théâtre, en le purgeant des façons quelquefois peu décentes de la danse italienne. Mais comme

---

[*] Nous avons essayé de bien mettre en lumière l'influence exercée par Mercy-Argenteau dans les affaires de l'Opéra, en publiant ces divers papiers inédits dans notre livre: *La Cour et l'Opéra sous Louis XVI.* (In-18, 1878; p. 103, 160, 169 et suiv.)

notre théâtre décheoit, que je ne m'en mêle plus et qu'il est un peu exigeant, à l'exemple de ses compatriotes, j'ai trouvé à propos de le laisser partir. Je serais cependant bien aise si vous pouviez lui être utile, en parlant même sur son compte à ma fille, la reine, qui se souviendra encore des leçons qu'il lui a données, quoiqu'elle n'en a pas trop profité ici, ce qui pouvait déjà alors faire douter de son attention à des objets majeurs, faute d'application. » Cette recommandation était bien superflue, car Noverre conquit rapidement à l'Opéra de Paris une position encore plus belle que celle qu'il occupait à Vienne, et ses talents exceptionnels, son rare instinct du beau lui eurent bientôt assuré un crédit et une autorité indiscutables, même sans que la reine lui ait marqué grande reconnaissance de ses leçons de danse *.

Cependant elle dansait beaucoup. Précisément dans ce temps, les lettres de Mercy ne parlent que de bals, et lui-même, avouant à l'impératrice qu'un seul objet occupe toute la cour de France, ajoute : « Cet objet est celui des bals qui se sont succédé et qui ont tellement rempli tout le loisir et toute l'attention de la reine que je n'ai pu obtenir que quelques moments,

---

' Le nom de Noverre a conservé une célébrité à laquelle n'eussent point suffi ses talents chorégraphiques, mais que justifient les louables changements qu'il introduisit dans la composition même du ballet, dans sa mise en scène et dans les costumes, en accord avec la réforme qui s'opérait sur la scène tragique. Les heureuses réformes tentées par Noverre et l'influence qu'il exerça à l'Opéra se trouvent longuement expliquées dans le chapitre de notre *Histoire du Costume au théâtre* consacré au célèbre chorégraphe. (1 vol. grand in-8, avec vingt-sept gravures et dessins originaux tirés des archives de l'Opéra et reproduits en fac-similé ; Charpentier, éditeur, 1880.)

très rares et très courts, à recevoir les ordres de
S. M. et à lui rendre compte de ce que j'avais à lui
dire. La raison de cette occupation si suivie tient à la
nouvelle forme que la reine a donnée à ses bals, où il
s'agit toujours de nouvelles quadrilles composées de
différentes sortes de mascarades. La composition des
habillements, les contredanses figurées en ballets, les
répétitions journalières qu'elles exigent, tout cela n'a
pas laissé un moment de vide, et à peine le temps
suffit-il d'un lundi à l'autre pour effectuer en ce genre
les projets de la semaine. Il est vrai que la reine a
recueilli le fruit de ses soins, par le très grand succès
qu'ont eu les fêtes qui se sont données chez elles, et les
grâces personnelles de S. M., l'attention et la bonté
avec laquelle elle traite un chacun, ont donné à ces
fêtes un degré d'agrément dont on avait perdu le souvenir à la cour. Il en résulte plus d'éloges et plus
d'attachement que jamais pour la reine, et de ce côté-
là il est certain qu'elle tire un très grand parti des
objets de ses amusements. »

Mercy s'entendait décidément mieux à excuser ce
qu'il n'avait pu empêcher qu'à empêcher ce qu'il ne
pouvait excuser.

III

AUPHINE ou reine, Marie-An-
toinette s'occupa peu de favo-
riser les lettres et les beaux-
arts, de l'aveu de Mme Campan, mais elle réserva toute
son influence pour la mettre
au service des musiciens.
C'est surtout après avoir mal réussi deux fois en
patronnant quelque œuvre littéraire, d'abord la tragédie du *Connétable de Bourbon*, froidement ac-
cueillie aux fêtes du mariage de Madame Clotilde
avec le prince de Piémont, puis la ridicule comédie de
Dorat-Cubières, *le Dramomane*, interrompue par le
roi avant la fin du spectacle, à Fontainebleau, que la
reine décida de ne plus jamais entendre la lecture d'une
pièce nouvelle et de reporter tout son intérêt sur les

compositeurs de musique. Elle fit bien encore accorder une pension de douze cents livres à Chamfort, dont la tragédie de *Mustapha et Zéangir* avait obtenu grand succès à Fontainebleau, mais cette malheureuse pièce tomba piteusement à Paris : il en devait être ainsi avec l'esprit d'opposition qui régnait à la ville et qui aimait à infirmer les jugements de la cour. Or, cet événement ne fit qu'affermir la reine dans sa résolution de ne plus accorder de protection qu'aux ouvrages de musique, pour lesquels elle croyait avoir une sûreté de goût particulière ; — et le fait est qu'elle n'a généralement ni mal choisi ni mal jugé.

Mme Campan exagère bien un peu quand elle attribue à la reine seule le degré de perfection auquel la musique atteignit alors en France, mais n'était cette légère exagération, elle la loue ici à bon escient. « Ce fut uniquement pour plaire à la reine que l'entrepreneur de l'Opéra fit venir à grands frais, à Paris, la première troupe de bouffons. Gluck, Piccinni, Sacchini, y furent successivement attirés. Ces compositeurs célèbres, et particulièrement le premier, furent traités avec distinction à la cour ; Gluck, dès l'instant de son arrivée en France, eut ses entrées à la toilette de la reine, et tout le temps qu'il y restait, elle ne cessait de lui adresser la parole. Elle lui demandait un jour s'il était près de terminer son grand opéra d'*Armide*, et s'il en était satisfait ; Gluck lui répondit de l'air le plus froid et avec son accent allemand : Madame, il est bientôt fini, et vraiment ce sera *superbe*. Son sentiment, aussi naïvement exprimé, fut confirmé, et la scène lyrique n'a sûrement pas de pièce d'un plus grand effet. On se

récria beaucoup sur la confiance avec laquelle cet
artiste venait de parler d'une de ses productions ; la
reine le défendit avec chaleur ; elle prétendait qu'il ne
pouvait pas ignorer le mérite de ses ouvrages ; qu'il
savait que cette opinion était générale, et qu'il crai-
gnait sans doute que la modestie exigée des bienséan-
ces ne parût en lui de la fausseté. La reine n'aimait
pas uniquement le grand genre des opéras français et
italiens ; notre opéra-comique lui plaisait aussi infini-
ment ; elle appréciait beaucoup la musique de Grétry,
si analogue à l'esprit et au sentiment des paroles, que
le temps n'en a pu diminuer le charme. On sait qu'un
grand nombre de poëmes mis en musique par Grétry
sont de Marmontel. Le lendemain de la première
représentation de *Zémire et Azor*, Marmontel et Grétry furent présentés à la reine, dans la galerie de Fontainebleau, qu'elle traversait pour se rendre à la messe.
La reine adressa tous ses compliments à Grétry sur le
succès du nouvel opéra, lui dit que, dans la nuit, elle
avait songé à l'effet enchanteur du trio du père et des
sœurs de Zémire derrière le miroir magique, et pour-
suivit son chemin après ce compliment. Grétry, transporté de joie, prend dans ses bras Marmontel : « Ah !
mon ami s'écrie-t-il, voilà de quoi faire d'excellente
musique... — Et de détestables paroles, » reprit froidement Marmontel, à qui Sa Majesté n'avait pas adressé
un seul mot. »

Marie-Antoinette commettait parfois de ces étourde-
ries même envers les personnes qu'elle honorait, et
dans l'instant qu'elle voulait leur faire plaisir. N'est-ce
pas elle qui recevant Piccinni, lorsque celui-ci fut pré-

senté à la cour au début de la guerre musicale, voulut
chanter pour lui faire honneur, lui demanda de l'accompagner au clavecin et choisit étourdiment un air de
l'*Alceste* de Gluck? « La reine m'a raconté elle-même
ce plaisant mal-à-propos dont elle riait et rougissait
encore, écrit le prince de Ligne. La grâce qu'elle mettait à réparer ces petits malheurs qui lui arrivaient
souvent, par une sorte d'ingénuité qui lui allait si bien,
peignait la bonté et la sensibilité de la plus belle des
âmes ; ce qui ajoutait des charmes à sa figure sur
laquelle on voyait se développer, en rougissant, ses
jolis regrets, ses excuses et ses bienfaits. Combien de
fois n'ai-je pas surpris tous ces mouvements ! »

En somme, la protection constante que Marie-Antoinette accorda à Gluck et reporta ensuite sur Sacchini,
qu'elle manifesta d'ailleurs à tous les grands musiciens
qui venaient tenter fortune en France, à Piccinni
comme à Salieri, au rival déclaré comme à l'élève
avoué de son vieux maître, constitue son vrai mérite
musical, et montre, mieux encore que son savoir de
chanteuse ou son talent sur la harpe, qu'elle sentait
vivement la musique et comprenait cet art dans ses
manifestations les plus élevées et les plus grandioses.
Les frères de Goncourt, dans leur excellente *Histoire
de Marie-Antoinette*, ont tracé un bien charmant portrait de la reine, protectrice dévouée des compositeurs
et des artistes.

« Le meilleur temps de la reine, ses plus belles
heures, étaient données aux travaux charmants, aux
plaisirs aimables de l'art, à cet art surtout l'art de la
femme, la musique. La reine protégeait les grands mu-

siciens, ou plutôt elle recherchait leur amitié, et faisait la cour à leur orgueil. Elle allait familièrement à eux, et c'était un patronage nouveau, tendre, dévoué, le patronage de cette reine, qui donnait à Grétry ces éloges et ces compliments ; à la fille de Grétry, le titre de filleule de la reine de France ; qui soutenait Gluck de tant de bravos, lui amenait les applaudissements de la cour, le défendait avec un si beau feu d'enthousiasme contre le franc parler de M. de Noailles, lui donnait comme répondant M. le duc de Nivernois dans une affaire d'honneur, l'encourageait par tant de promesses de succès aux premières auditions, entourait sa vanité de tant de soins, faisait elle-même la police du silence dans son salon lorsqu'il se mettait au clavecin, luttait enfin de sa personne et de toutes ses forces pour la fortune de ses opéras contre le goût musical de la nation. Garat et la Saint-Huberty trouvaient les mêmes attentions et le même zèle de protection chez cette reine, qui donnait à toutes les gloires sa main à baiser, comme Louis XIV faisait asseoir Molière *. »

C'est vrai, la reine avait donné son nom d'Antoinette à la fille de Grétry, et si l'on en croit ce que le bonhomme Bouilly se fait raconter par madame Dugazon en sortant de chez Grétry, la reine aimait beaucoup sa jeune filleule. Il ne se passait presque pas de mois qu'elle ne la fît venir à Versailles pour la combler de présents ; et chaque fois qu'elle allait au théâtre, la souveraine, après les trois révérences d'étiquette au public, cherchait des yeux sa filleule, puis lui en-

---

* *Histoire de Marie-Antoinette*, par Edmond et Jules de Goncourt. (In-18, 1878, p. 176.)

voyait un baiser aux applaudissements de tous les spectateurs *. C'est encore vrai, le prince d'Hénin faillit un jour avoir une affaire d'honneur avec le duc de Nivernois, au sujet d'*Orphée*, dont il avait mal parlé chez Sophie Arnould, et si le duc de Nivernois s'était ainsi déclaré le champion du musicien, s'il protégeait celui-ci ouvertement, c'était pour se faire mieux venir de la reine ; heureusement que l'affaire s'arrangea sans effusion de sang, du moment que le prince consentit à faire visite au chevalier Gluck **. Mais qu'avait donc fait le maréchal de Noailles qui pût lui attirer une repartie aigre-douce de la reine ? C'était à la veille de la représentation d'*Électre* dont l'auteur, Lemoyne, avait été enrôlé de force ou de gré dans le parti gluckiste, et comme le roi demandait au maréchal ce qu'il pensait du nouvel opéra auquel il avait assisté pendant les répétitions : « Sire, avait répondu le vieux duc, quant au poëme, il ne vaut pas le diable, et pour la musique, elle est d'un élève de Gluck, et consé-quemment doit ne pas être meilleure. » La reine qui était présente, répliqua aussitôt en riant : « Monsieur le maréchal, je vous entends très bien, mais continuez ; vous avez ici votre franc parler, comme sous le feu roi ***. »

Marie-Antoinette, et c'est là qu'était le courage, ne défendait pas ses protégés seulement en paroles et dans son salon ; elle payait bravement de sa personne, et que

* *Mes récapitulations*, par J.-N. Bouilly, t. I. *Première entrevue avec Grétry*, p. 153.
** *Correspondance secrète,* de Métra, 7 août 1774.
*** *Mémoires secrets*, 2 juillet 1782.

la soirée s'annonçât bien ou mal, elle tenait à assister aux premières représentations des ouvrages qu'elle soutenait, parce qu'elle les admirait. Bachaumont dit qu'elle « avait l'air de faire cabale, » tant elle applaudissait le premier jour qu'on donna *Iphigénie en Aulide*; quant à ce malheureux opéra de *Cythère assiégée*, dont il est parlé plus haut, elle ne manqua pas à son musicien de prédilection, bien que celui-ci fût déjà reparti pour Vienne en laissant Berton écrire la musique du divertissement final , et la pièce ayant été jouée seulement une vingtaine de fois, elle trouva le temps et le moyen de s'y montrer plus d'un soir. Mais la conduite de la reine envers Sacchini, dont on ne parle jamais parce qu'on ne le connaît pas, fut encore plus méritoire et plus courageuse que son attitude à l'égard de Gluck, dont on parle toujours. Il ne conviendrait pas de raconter ici sur nouveaux frais cette guerre incessante et déloyale que firent à la reine tous les intérêts, tous les amours-propres ligués contre Sacchini, mais encore pourrait-on signaler quelques différences essentielles, sans rappeler aucun des petits faits, des nombreuses pièces secrètes que nous avons découvertes aux Archives nationales, et qui jetèrent la plus vive lumière sur ces trames savamment ourdies *.

Lorsque Marie-Antoinette avait patronné Gluck à sa venue en France et l'avait appuyé de son crédit à l'Académie de musique, elle n'avait eu à apaiser, à vaincre que les susceptibilités, que les obstacles qui se dressent toujours au théâtre devant un nouveau venu ;

---

* Voir *Marie-Antoinette et Sacchini* première partie de *La Cour et l'Opéra sous Louis XVI.* (In-18, 1878.)

or, ces boutades de vanité chez les artistes, ces éclairs de jalousie chez les compositeurs se reproduisaient bien chaque jour et exigeaient qu'on se tînt constamment en garde, mais c'étaient là des contrariétés isolées et qui ne découlaient pas d'un vaste système de conspiration mû par quelque chef secret. Au contraire, lorsque Sacchini arriva à Paris et que la reine eut voulu l'attacher à l'Opéra, autant par sympathie personnelle pour ce compositeur que par égard aux recommandations de son frère, l'empereur Joseph II, il s'organisa une véritable ligue contre la reine et son protégé. Les meneurs habiles de cette intrigue, ce pied-plat de Lasalle, le secrétaire du comité des artistes, ce parvenu jaloux et ambitieux sans mérite, Morel, beau-frère du surintendant des Menus-Plaisirs, ce surintendant lui-même, Papillon de la Ferté, très obséquieux avec le ministre et avec la reine, mais qui cherchait sous main à la compromettre publiquement pour l'empêcher d'agir en faveur de Sacchini, ces dignes alliés, disons-nous, trop bien servis par l'esprit de révolte et d'opposition qui régnait dans le comité de l'Opéra, faillirent en arriver à leurs fins et faire exiler Sacchini de l'Académie, après avoir ruiné l'influence musicale de la souveraine en l'accusant dans le public de nuire toujours aux compositeurs nationaux et de livrer la scène française à des musiciens étrangers qu'elle faisait venir d'Italie, comme Piccinni, d'Allemagne, comme Gluck, ou d'Angleterre, comme Sacchini.

L'affaire était adroitement combinée, il faut en convenir, car il n'est pas en France de meilleur moyen de troubler les esprits, d'obscurcir les questions artisti-

qués, surtout les questions musicales, que de faire vi-
brer la corde patriotique. Sous ce rapport, du moins,
nous n'avons pas varié d'une ligne en cent ans, et
la meilleure preuve que c'était là l'arme la plus sûre à
employer contre la reine, c'est qu'elle dut finir par céder, après avoir défendu son protégé de tout cœur. Il
lui avait suffi d'abord, pour *Chimène*, d'exprimer nettement sa volonté au ministre, pour renverser tout cet
échafaudage d'intrigues et de calomnies, mais elle avait
dépensé toute son influence du premier coup ; elle
n'avait déjà plus autant d'énergie pour défendre *Dardanus*, rayé honteusement du répertoire, et lorsque
vint la question de savoir quelle pièce aurait le pas à
Fontainebleau, d'*Œdipe*, de l'Italien Sacchini, ou de la
Phèdre, du Français Lemoyne, la reine, comprenant
qu'elle était sans force contre cette accusation sans
cesse renaissante de toujours favoriser les étrangers,
dut sacrifier Sacchini à Lemoyne, pour ne pas se compromettre aux yeux de la nation, qui commençait à la
trouver trop Autrichienne et trop peu Française de
cœur.

Elle avait raison pourtant dans ses préférences
musicales, et elle regretta sans doute plus d'une fois
cette décision, surtout lorsqu'elle apprit qu'une déconvenue aussi subite avait pu aggraver la maladie habituelle du musicien, la goutte, au point de l'emporter ;
aussi n'eut-elle pas de repos, après la mort de Sacchini, qu'elle n'eût pourvu, autant que possible, au
sort de sa trop nombreuse famille, qu'elle n'eût ré-
paré envers Sacchini mort la douleur qu'elle lui avait
involontairement causée, en pressant la représen-

13

tation de ses deux opéras posthumes, *Œdipe à Colone* et *Arvire et Evelina*, en les soutenant de ses bravos.

La reine n'estimait pas seulement les compositeurs de musique, elle aimait aussi les artistes, les chanteurs surtout; elle les honorait de sa protection constante, à commencer par la Saint-Huberty, qui méritait bien cet honneur par son mérite exceptionnel, sinon par son caractère et ses mœurs. Mais elle ne se contentait pas de les protéger, elle les attirait à la cour et se plaisait même un peu trop dans leur société.

Le premier exemple à citer est Garat. Lorsque ce jeune homme, à peine âgé de seize ans, arriva de Bordeaux et qu'il fit tourner toutes les têtes, palpiter tous les cœurs par sa voix délicieuse, par son incomparable prescience du chant, par sa jolie figure et la vivacité de son esprit méridional, il fut accueilli en triomphateur à la cour, où le comte d'Artois le conduisit après l'avoir nommé secrétaire de son cabinet. La reine ne se lassait pas de l'entendre : elle voulut même chanter avec lui, elle lui fit donner une pension de six mille francs sur la cassette du roi pour faire régulièrement de la musique ensemble, et à deux reprises différentes, elle paya les dettes de l'artiste, qui tranchait du grand seigneur. Marie-Antoinette était bien jeune alors, mais elle avouait plus tard à Mme Campan qu'elle avait acquis à ses dépens l'expérience nécessaire pour veiller à la conduite de ses belles-filles, qu'elle serait surtout très scrupuleuse sur les qualités et vertus de leurs dames de compagnie, et qu'elle voudrait même leur interdire de faire de la musique avec des professeurs : « Je devais entendre chanter Garat, ajoutait-elle, et ne jamais chanter de duo avec lui. »

Le chanteur Michu, très goûté à la Comédie-Italienne, était aussi reçu journellement à la cour ; c'était lui qui donnait des leçons à la reine pour les comédies à ariettes qu'elle représentait avec ses amis, et on le récompensait de son zèle par d'assez belles gratifications, quand il venait jouer avec ses camarades au théâtre de la ville, à Versailles. Mais ce professeur ne chantait pas seulement sur les planches pour sa royale élève, il était accueilli au palais, il était admis aux petits soupers et se montrait fier du grand plaisir que la reine prenait à l'entendre ; bref, il n'y avait plus de fête complète sans lui. Singulière compagnie, en somme, pour la reine que celle d'un acteur de talent, mais de mœurs douteuses, de figure efféminée, et auquel le célèbre Janot avait pu appliquer le sobriquet trop clair de *Demoiselle* *.

Que Marie-Antoinette fût trop facile pour les artistes qu'elle voulait admettre dans sa société, qu'elle oubliât un peu trop vite avec eux les lois de l'étiquette, c'est bien possible ; mais cette affabilité de la reine envers les chanteurs était une de ses qualités, elle semblait même toute naturelle en un temps ou les grands seigneurs se faisaient un plaisir de frayer avec les comédiens, sans qu'il en résultât pour ceux-ci ni sujétion, ni humiliation. Au surplus, cette fréquentation n'eut pas de résultats regrettables pour la souveraine, et la

---

* Voir *la Comédie à la cour de Louis XVI, le théâtre de la reine à Trianon*, p. 16 et 17, et la *Correspondance secrète*, de Métra, 5 février 1784.

compagnie nous paraît, à distance, plus singulière que pernicieuse. Marie-Antoinette, à tout prendre, ne semble avoir eu qu'un talent assez ordinaire en chant comme sur la harpe ou le clavecin, mais elle avait le goût de la musique et possédait un sens très délicat de cet art; elle le prouvait non-seulement par les petits concerts qu'elle organisait dans l'intimité, voire par ses tentatives dramatiques, mais aussi par son assiduité aux théâtres de chant, aux spectacles de l'Académie de musique et de la Comédie-Italienne, où elle se sentait à l'aise et comme en famille, artiste elle-même auprès d'artistes qu'elle aimait à recevoir et voir à la cour.

Son vrai titre de gloire musicale, il faut le répéter, est d'avoir attiré en France quelques grands compositeurs qui ont senti se développer leur génie au contact de la scène française, de leur avoir aplani les voies et d'avoir montré une sollicitude constante pour leurs œuvres et leurs intérêts. Il est presque impossible de retracer quelque passage de notre histoire musicale durant les vingt années qui précédèrent la Révolution, de s'occuper de quelque compositeur, petit ou grand, de cette période, sans qu'on ne distingue l'influence de la reine et qu'on n'ait à prononcer son nom. Et son mérite, en ces circonstances délicates, en ces conflits musicaux, fut d'avoir su ménager bien des amours-propres rivaux, d'avoir su concilier des intérêts inconciliables, pour le triomphe non plus seulement d'un individu, mais de la musique en général.

Que fit-elle, en effet, durant tout son règne? Elle soutint énergiquement Gluck, mais elle ne desservit pas

Piccinni, bien au contraire ; elle défendit Sacchini et ne rebuta pas Lemoyne ; elle aimait Grétry, elle patronna Salieri ; elle sut enfin se faire aimer de beaucoup d'artistes qu'elle traitait affectueusement et avec lesquels elle ne se rappelait son titre de reine que pour les protéger. Ce ne sont pas là des qualités communes ni de minces services ; aussi l'impartiale histoire devrait-elle se rappeler les uns et les autres chaque fois qu'elle a à parler d'un des chefs-d'œuvre, — et ils sont nombreux — que la musicienne a appréciés, que la reine a défendus.

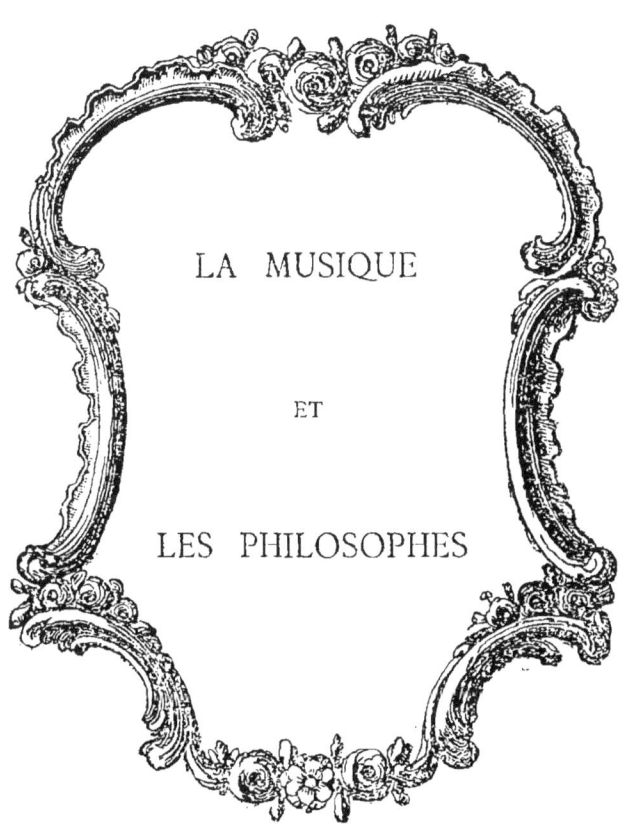

LA MUSIQUE

ET

LES PHILOSOPHES

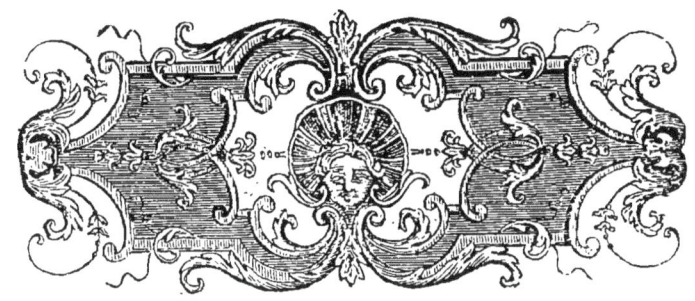

I

E titre, par sa généralité même, peut faire concevoir au lecteur des craintes légitimes contre lesquelles nous tenons à le prémunir dès l'abord. Peut-être la seule vue de ces mots écrits en grandes capitales : *Musique*, *Dix-huitième siècle*, *Philosophes*, aura-t-elle évoqué dans son esprit le souvenir des deux grandes querelles musicales qui ont agité ce siècle à vingt années de distance et lui aura-t-elle fait redouter que nous ne recommencions sur nouveaux frais le récit tant de fois repris *ab ovo* de la guerre des Bouffons ou de la lutte de Gluck et de Piccinni. Qu'il se rassure, nous ne raconterons ni l'une ni l'autre.

Nous croyons, en effet, qu'il n'y a pas de profit à

toujours reprendre au même point le récit de ces épisodes de notre histoire musicale, à toujours suivre la même filière pour exposer les mêmes idées, dans le même ordre, avec les mêmes répliques et les mêmes anecdotes. En envisageant un point d'histoire quelconque toujours du même côté, on risque de laisser inexplorés d'autres points de vue qui offriraient une perspective nouvelle.

C'est ainsi que tous les récits qu'on a faits de la guerre de Gluck et de Piccinni et qui sont résumés d'une façon très complète au point de vue documentaire, sinon très satisfaisante au point de vue musical, dans l'ouvrage de M. Desnoiresterres, nous ont retracé les ardentes discussions, les attaques violentes et les rudes ripostes de Suard, de Marmontel, de Laharpe, de Grimm, de Coquéau, de l'abbé Arnaud, etc. On a si souvent redit leurs arguments, facéties, pointes, bons mots, épigrammes et chansons qu'il faudrait avoir la mémoire bien courte pour ne pas les savoir par cœur. Mais si nous connaissons à la lettre les moindres opinions de ces littérateurs qui s'improvisaient, de leur propre autorité, juges d'un tournoi musical et qui ne dédaignaient pas de descendre eux-mêmes dans l'arène pour y rompre des lances et recevoir de rudes horions, nous ignorons, en revanche, quelle fut, sur ces matières d'art et de musique, la façon de voir des hommes qui occupent le rang le plus élevé dans l'histoire littéraire et philosophique de la France.

Rousseau est le seul dont on ait étudié les théories avec quelque attention, et il doit cette préférence moins à la valeur de ses écrits qu'à la passion aveugle qu'il apportait dans ce débat et qui lui faisait soutenir avec une égale furie, des opinions contraires à quelques années d'intervalle. Pour Diderot, il est surtout connu de réputation et admiré sur commande, du moins en ce qui concerne la musique. On peut même affirmer que nombre de gens se vantent d'avoir lu *le Neveu de Rameau*, qui l'ont seulement feuilleté ; et parmi ceux qui ont poursuivi jusqu'à la dernière page, plus d'un serait bien embarrassé de dire ce qu'il y a dans le livre et de se prononcer pour ou contre. Quant à Voltaire, d'Holbach, d'Alembert, combien de personnes savent s'ils ont jamais eu occasion d'émettre un avis en musique ? A plus forte raison quand il s'agit de littérateurs de second ordre, comme Mably, Cazotte et Laugier.

Il semble pourtant qu'il serait plus intéressant de s'enquérir de l'opinion de ces hommes illustres, de ces grands philosophes, de passer au crible leurs théories, de les discuter, de les comparer entre elles, plutôt que de refaire une nouvelle, mais non dernière fois, l'histoire anecdotique et critique (c'est le terme consacré) de la querelle des Bouffons ou de la guerre des Gluckistes. C'est un travail de ce genre que nous allons entreprendre ; mais, pour ne point tomber dans les défauts que nous signalions plus haut, nous nous imposerons cette triple règle : insister surtout sur ceux d'entre ces grands écrivains que la critique musicale a jusqu'ici laissés à l'écart, — passer plus rapidement sur ceux, comme Grimm et Rousseau, dont les écrits ont déjà été sérieusement discutés, mais qui peuvent donner encore sujet à d'intéressantes observations, — et omettre absolument ceux, tels que Suard, Laharpe et Marmontel, etc., dont le bagage musical a été tellement remué et visité qu'il n'y a plus rien à y prendre.

Cette sorte de revue des grands écrivains du siècle dernier considérés dans leurs rapports avec la musique, nous amènera bien à parler de ces querelles célèbres, surtout de celle des Bouffons, mais nous ne le ferons qu'autant qu'il sera nécessaire pour l'intelligence des auteurs et des écrits que nous étudierons, et nous nous garderons soigneusement de les narrer à nouveau ; nous éviterons ainsi de tomber toujours dans les mêmes redites et nous aurons grande chance de rencontrer chez ces auteurs quelque point de vue inexploré, quelque argument original, quelque saillie mordante qui donnera un nouvel attrait à ce débat. Nous voudrions enfin tracer ici une série de tableaux où se refléterait exactement la façon de goûter et de juger la musique des grands penseurs ou des écrivains distingués d'il y a un siècle; nous voudrions, en employant tour à tour l'exposition et la critique, en reproduisant leurs idées les plus saillantes, en discutant à loisir, en les combattant ou les soutenant soit de nous-même, soit avec l'aide des contemporains, exposer de la façon la plus claire leurs vues particulières, leurs opinions, si singulières soient-elles, pénétrer enfin au fond de leur esprit et mettre en pleine lumière leur *penser* sur la musique.

II

 E tous les écrivains, philoso-
phes ou beaux esprits, qui se
sont attribué au siècle dernier le droit de juger la musique sans en avoir de solides notions, le baron Fré-
déric Melchior de Grimm est
le seul qui ait pris une part également active dans les
deux querelles musicales : ici, comme partisan de la
musique italienne, là, comme défenseur de Piccinni.
Cet élégant seigneur, écrivain fin et spirituel, doué
d'un goût distingué, mais incertain, véritable dilettante
en art comme en littérature, cet étranger si Français
d'esprit et de manières, a joué un rôle si important
dans l'histoire musicale du siècle dernier, qu'il méritait une étude longue et réfléchie. Ce travail d'ensemble

sur les opinions de Grimm a été fait, il y a quelques
années, par M. Jules Carlez de façon à nous dispenser d'y revenir * ; nous nous contenterons d'ajouter
quelques observations de détail.

Grimm, comme Rousseau, ne jugeait la musique que
d'après l'impression plus ou moins vive qu'il ressentait
et ne prenait pour guide que son oreille. Or, comme
rien n'est plus mobile qu'une impression, comme
l'oreille peut trouver peu à peu un charme extrême
dans telle sonorité qui l'aura d'abord choquée ; lorsqu'une critique est basée, comme celle de Grimm ou de
Rousseau, sur l'impression du moment et sur le plaisir
de l'oreille, elle est sujette à des revirements innombrables, à des contradictions éclatantes, et se laisse entraîner par l'ardeur de la lutte à des exagérations incroyables.

C'est ainsi que nous voyons Grimm prendre soin
d'abord de séparer Rameau de son entourage, proclamer qu'il le trouve « grand très souvent et toujours
original, » reprocher même à Rousseau son hostilité
déclarée contre l'auteur de *Castor*, et déclarer que
« quand on a de bonnes raisons à dire, on ne doit pas
employer les invectives. » C'est en 1754 que Grimm
écrivait cela, mais dix ans s'écoulent en discussions
acerbes, et lorsque Rameau meurt, en 1764, Grimm ne
trouve plus à son adresse que des paroles amères et
d'une injustice criante. « La *Gazette de France*, dit-il,
annonçant la mort de Rameau, dit que son nom et ses

---

* *Grimm et la musique de son temps*, brochure in-8° (Caen, chez
Leblanc-Hardel, 1873).

ouvrages feront époque dans la musique ; il fallait dire *dans la musique française*, car je veux mourir si Rameau et toutes ses notes sont jamais comptées pour quelque chose dans le reste de l'Europe. »

Il va sans dire qu'à l'exemple de Rousseau, Grimm estimait qu'on pouvait parler musique sans en rien savoir. « Je crois, écrit-il dans sa *Lettre sur Omphale*, je crois pouvoir dire que la fin de la musique étant d'exciter des sensations agréables par des sons harmonieux et cadencés, tout homme qui n'est pas sourd est en droit de décider si elle a rempli son objet. » C'était là son premier avis, mais il en changea sans difficulté quand il crut avoir acquis une grande connaissance de la musique — à force d'en parler — et s'être ainsi élevé au-dessus du commun des amateurs. « La musique, écrira-t-il alors au début de son *Poëme lyrique*, est une langue qu'on ne saurait parler sans génie, mais qu'on ne saurait non plus entendre sans un goût délicat, sans des organes exquis et exercés » Voilà ce qui s'appelle modifier tant soit peu son opinion.

Ce traité du *Poëme lyrique*, qui date de 1765, c'est-à-dire de la période de paix qui suivit la guerre des Bouffons, est le plus réfléchi et le plus considérable des écrits de Grimm sur la musique; il contient quelques propositions au moins originales. C'est d'abord cette distinction qu'il prétend devoir être absolue entre le récitatif, pour les moments tranquilles, et l'air pour les moments passionnés du drame, distinction tellement subtile que lui-même s'embrouille en voulant l'expliquer. Il veut que le récitatif soit « une déclamation notée, soutenue et conduite par une simple basse, qui, se faisant entendre à chaque changement de modulation. empêche l'acteur de détonner. » Il est bien clair qu'un pareil procédé produirait, le plus souvent, un effet déplorable en faisant succéder un air plein de fureur et d'emportement à un récitatif tout placide. Grimm conseille au compositeur, pour éviter cet écueil, « d'accompagner le récit par l'orchestre, et de le couper dans les repos de différentes pensées musicales, dans tous les cas où le discours de l'acteur, sans devenir encore chant, s'animera davantage et s'approchera du moment où la force de la passion le transformera en air. » Cela revient à dire que le récitatif, à mesure qu'il approche d'un air, doit en prendre l'accent et le caractère : que devient dès lors la différence arbitraire précédemment établie ? Dans un opéra bien conduit et d'un intérêt soutenu, il y aura lieu à chaque instant d'employer cette seconde forme de récitatif, — qui est la bonne, — et la distinction posée par l'auteur d'une façon si absolue, finira, d'après sa propre théorie, par s'effacer complétement.

Dans la comparaison qu'il fait de notre opéra avec l'opéra italien, on devine aisément, sans qu'il le dise formellement, que Grimm juge les défauts de notre drame lyrique beaucoup plus graves que ceux de l'italien. Selon lui, « c'est le merveilleux visible qui est l'âme de l'opéra français » ; et ses griefs sont nombreux contre « ce faux genre où rien ne rappelle la nature, » dont les acteurs sont des ombres, des génies, des fées, des vertus, des passions. Or, « un dieu peut étonner : peut-il intéresser ? » Nous reconnaissons volontiers la portée de cette critique, mais qu'est-ce que cet « abus

du merveilleux » auprès de l'état misérable qu'il trace
lui-même des théâtres italiens, où « les loges sont
autant de salons de conversation, où le public ne demande que quelques airs que tout le monde sait par
cœur ? »

« Cette indulgence du public, dit-il, a laissé d'un côté
l'action théâtrale dans un état très imparfait, et, de
l'autre, elle a rendu le chanteur maître de ses maîtres.
L'abus fut porté au point que, lorsque le chanteur ne
trouvait pas ses airs à sa fantaisie, il leur en substituait
d'autres... dont il changeait les paroles comme il pouvait, pour les rapprocher de sa situation et de son rôle
le moins mal qu'il était possible... Enfin, l'entrepreneur de l'Opéra devint de tous les tyrans du poète le
plus injuste et le plus absurde. »

Voilà, au dire de Grimm, pourquoi, en France comme
en Italie, l'opéra « n'a pas renouvelé de nos jours les
terribles effets de la tragédie ancienne. »

Il fallait que Grimm fût bien aveuglé par son amour
de l'Italie pour chercher à équilibrer les torts des deux
écoles, et il perd ainsi un peu de sa lucidité habituelle.
Comment n'a-t-il pas distingué — entre ces amateurs
qui se passionnent pour des opéras souvent indignes
d'un pareil honneur et une société élégante qui se rend
partout au théâtre pour causer sans souci de la musique — d'une part, un goût passager pour le fantasti-
que, de l'autre une disposition, une paresse d'esprit
toute naturelle. Le temps n'a fait qu'accuser cette indifférence. Notre opéra a depuis longtemps renoncé à
l'Olympe et à ses œuvres, et les loges des théâtres d'Italie sont encore des salons de réception où le bruit des

conversations ne fait trêve que pour entendre quelque
artiste en vogue chanter son air de bravoure et reprend
de plus belle dès qu'il a fini.

Les ballets et les divertissements qu'on répandait à
profusion dans la tragédie lyrique choquaient au dernier point l'esprit du philosophe. Il se refusait absolument à admettre des opéras coupés de danses et déclarait que « l'idée d'associer dans le même spectacle deux
manières d'imiter la nature lui semblait opposée au bon
sens et au vrai goût, une barbarie digne des temps go-
thiques... L'opéra français, disait-il avec esprit, est
devenu un spectacle où tout le bonheur et tout le
malheur des personnages consiste à voir danser autour
d'eux. »

Rousseau combattait avec une égale ardeur l'association de la danse et du chant, de la musique et de la
parole dans l'opéra : « Sitôt que vous introduisez la
pantomime dans l'opéra, vous en devez bannir la poésie, parce que de toutes les idées la plus nécessaire est
celle du langage... Il faut bannir du drame lyrique les
fêtes et les divertissements, qui non-seulement en suspendent l'action, mais ou ne disent rien, ou substituent
brusquement au langage adopté un autre langage opposé, dont le contraste détruit la vraisemblance. » Le
philosophe accorde seulement que « c'est terminer très
agréablement la soirée que de donner un ballet après
l'opéra, comme une petite pièce après la tragédie. »

Mais autre chose est de poser un principe et de le
défendre, autre chose de le mettre en pratique. Aussi
Rousseau, qui jetait les hauts cris à l'idée d'introduire
un ballet dans un opéra, s'empressa-t-il, pour assurer

le succès de son *Devin*, de le terminer par un long ballet, qui n'était qu'une répétition mimée de la pièce que l'on venait de chanter.

Grimm et Rousseau revivraient de notre temps qu'ils n'auraient rien à retrancher de leurs mordantes critiques, car ils condamnaient bien moins l'uniformité et la profusion des danses que l'introduction même du ballet dans l'opéra. Or, il faut bien avouer que sous ce rapport, nous n'avons fait presque aucun progrès : la plupart des ballets que nous ajoutons, coûte que coûte, à nos opéras, en suspendent toujours l'action et détruisent la vraisemblance en rompant l'unité de langage. Combien peu en citerait-on qui soient intimement liés à l'action, comme la Résurrection des Nonnes, dans *Robert le Diable*!

Notre opéra n'a pas encore pu se dégager, depuis deux siècles, de cette pompe éblouissante, de ce déploiement de luxe et de splendeurs qui rappellent qu'il prit naissance dans les fêtes magnifiques organisées à la cour de France. Le plaisir des yeux et le plaisir de l'oreille ont été de tout temps pour nous les conditions essentielles de l'opéra : de là cet étalage de richesses inimaginables, ces fêtes féeriques, ces cortéges innombrables, ces costumes éclatants, ces ballets étourdissants. L'opéra allemand, au contraire, a su, dès l'origine, se garder de cet excès de richesses et de splendeurs. Il est assez curieux d'observer que les sages préceptes émis par les philosophes à propos du ballet uni à l'opéra, ont été absolument méconnus en France, puisque les opéras de Spontini et de ses successeurs ont amené une recrudescence de ballets inexplicable, tandis qu'ils étaient comme pressentis et respectés par les plus grands maîtres allemands, Beethoven, Weber, Schumann, Wagner. Plus récemment encore, lorsque Richard Wagner, bravant le courroux des amateurs de ballets, se refusa énergiquement à introduire un grand divertissement dans *Tannhauser*, il ne faisait que se conformer aux principes que nous avions presque constamment méconnus et que nous voulions lui faire enfreindre à son tour. Nous lui avons fait payer cher sa fidélité à la raison.

III

ROUSSEAU

ÉNÉRALEMENT, on se laisse un peu trop éblouir par les éclairs de la verve critique de Rousseau ; pour le bien juger, il faut distinguer trois phases d'ailleurs très tranchées dans sa carrière musicale. D'abord partisan déclaré de la musique française, admirateur et défenseur convaincu de Rameau contre les Lullistes et les imitateurs impuissants de l'auteur de *Roland*, il fut tout à coup frappé d'une lumière éclatante, comme saint Paul sur le chemin de Damas, et embrassa la cause de la musique italienne avec le zèle furieux d'un néophyte. Il défendit son nouveau parti contre celui qu'il abandonnait avec l'emportement acharné d'une recrue qui veut se faire pardonner ses

erreurs passées. Puis un jour, lorsque la lutte eut pris fin par le renvoi des Bouffons, l'irascible philosophe s'avisa que la musique française pouvait bien n'être pas aussi abominable qu'il l'avait proclamé, et qu'en cette querelle, comme dans bien d'autres, la raison devait être entre les deux partis qui se déchiraient à belles dents. Le calme lui ayant rendu sa lucidité habituelle, il agit alors avec habileté et chercha une occasion favorable, non pour se rétracter entièrement, mais pour revenir à des opinions plus modérées, sans avouer pourtant qu'il eût jamais eu tort : il le laissait seulement deviner.

Tel semble être du moins le sens véritable de certains passages de la préface de son *Dictionnaire*, qui ne parut qu'en 1767, quatorze ans après la fin des hostilités, de ces lignes entre autres où il engage les artistes et les amateurs à lire cet ouvrage avec autant d'impartialité qu'il en a mis à l'écrire :

« Les premières habitudes m'ont longtemps attaché à la musique française, et j'en étais enthousiaste ouvertement. Des comparaisons attentives et impartiales m'ont entraîné vers la musique italienne, et je m'y suis livré avec la même bonne foi..... Maintenant que les malheurs et les maux m'ont enfin détaché du goût qui n'avait pris sur moi que trop d'empire, je persiste, par le seul amour de la vérité, dans les jugements que le seul amour de l'art m'avait fait porter. Mais, dans un ouvrage comme celui-ci, consacré à la musique en général, je n'en connais qu'une, qui, n'étant d'aucun pays, est celle de tous. »

Ces contradictions éclatantes, ces variations qui indiquent chez le philosophe une grande mobilité de vues et une médiocre solidité d'opinions, sont faites pour battre en brèche le crédit qu'on a bien voulu lui reconnaître en matière musicale et qui nous paraît singulièrement exagéré. Rousseau, dit-on, savait la musique. Entendons-nous. La nature lui avait départi un certain don de mélodie facile et assez agréable, mais sa science harmonique était par le fait assez bornée, et sans même consulter ses romances, qui portent l'empreinte d'un savoir médiocre, on en trouverait la preuve certaine dans ce fait qu'il niait aux musiciens le droit de traiter les questions musicales.

S'il parle musique, s'il se croit le droit de se prononcer en pareille matière d'une façon à peu près infaillible, ce n'est pas qu'il soit musicien, c'est qu'il est philosophe. Or, si le musicien n'a pas le droit d'exposer ses idées sur l'art qu'il cultive, le philosophe, en revanche, a le droit de disserter à son aise sur tel sujet qu'il lui convient de choisir : peinture, musique, science, poésie, sculpture. C'est Rousseau qui le dit en propres termes dans sa fameuse *Lettre sur la musique française :* « C'est au poëte à faire de la poésie, et au musicien de faire de la musique ; mais il n'appartient qu'au philosophe de bien parler de l'une et de l'autre. » Nous mettons en fait que si Rousseau s'était senti une réelle compétence musicale, il aurait fait bon marché de sa qualité de philosophe pour parler musique et n'aurait pas manqué de railler ses adversaires qui s'appuyaient sur un titre discutable pour traiter des questions auxquelles ils n'entendaient rien.

Il faut, pour être juste, reconnaître que Rousseau

avait un vif sentiment de la musique et qu'elle avait
sur lui un puissant empire ; mais, bien qu'il se targuât
du titre de philosophe, il la jugeait uniquement d'après
ses sensations et mettait toute sa science du raisonnement, toute sa verve de discussion, au service de la musique qui le ravissait le plus à un moment donné : il
faisait ainsi de la raison l'humble servante de l'oreille.
La vivacité de ses impressions n'avait d'égale que leur
mobilité, et, comme toutes les personnes qui prennent
pour seul guide leur sentiment, il apportait, à chaque
changement de goût, une ardeur plus vive à défendre
ses nouvelles opinions, par la simple raison qu'il devait
les soutenir non plus seulement contre autrui, mais
contre un adversaire plus redoutable , contre lui-
même.

Bien que Rousseau fût, en somme, un juge d'une
compétence douteuse, il a conquis une place si importante dans l'histoire musicale du siècle dernier par la
vivacité de sa polémique et la singularité de ses vues,
que la critique n'a jamais dit sur lui son dernier mot
et qu'une lecture attentive de ses écrits offre toujours
matière non plus à une étude complète et approfondie
(on en compte déjà trop), mais à de nouvelles observations de détail. C'est ainsi que nous allons procéder à
l'endroit de Rousseau, sans prétendre tracer à nouveau
un tableau d'ensemble de ses opinions musicales, sans
même imposer à nos remarques un ordre précis :
mieux vaut, il nous semble, faire l'école buissonnière
que de s'astreindre à un programme qu'on serait
obligé de quitter à tout propos.

C'est au lendemain de la représentation de *la Serva*

padrona que Rousseau fit une volte-face subite et se rangea parmi les plus violents apôtres de l'Italie. Il affirma sa conversion en écrivant son *Essai sur l'origine des langues*, qui ne parut, il est vrai, que lors de la publication de ses œuvres complètes, mais qui est bien le premier cri de guerre poussé par le Ramiste converti. Son but, en écrivant cette brochure, était d'exposer ses idées sur l'*Imitation musicale*. Voilà le grand mot lâché, et il reviendra à satiété dans le discours : pour lui, la musique est tout bonnement — disons même tout bêtement — un moyen de reproduire, d'imiter. Il ne se lasse pas de le répéter : « Comme donc la peinture n'est pas l'art de combiner des couleurs d'une manière agréable à la vue, la musique n'est pas non plus l'art de combiner des sons d'une manière agréable à l'oreille. S'il n'y avait que cela, l'une et l'autre seraient au nombre des sciences naturelles et non pas des beaux-arts. »

Voilà qui est bien pensé, et qu'on devrait toujours opposer aux gens qui prétendent trouver dans la musique exclusivement de la mélodie et toujours de la mélodie ; mais comme Rousseau abandonne vite ce sage principe ! « ..... C'est l'imitation seule, ajoute-t-il, qui les élève à ce rang ; or, qu'est-ce qui fait de la peinture un art d'imitation ? C'est le dessin. Qu'est-ce qui de la musique en fait un autre ? C'est la mélodie. »

Quel plus triste éloge pourrait-on faire de la musique, et aussi de la peinture, que de les réduire à ce rôle d'imitatrices serviles, alors que la langue des sons se prête moins encore que celle des couleurs à reproduire exactement les tableaux de la nature où les

scènes de la vie active! « La musique, comme l'a dit
Cousin dans ses leçons sur le *Beau*, paie la rançon du
pouvoir immense qui lui a été donné ; elle éveille plus
que tout autre art le sentiment de l'infini, parce qu'elle
est vague, obscure, indéterminée dans ses effets.....
Telle est la force et en même temps la faiblesse de la
musique : elle exprime tout et elle n'exprime rien en
particulier. »

Cette préférence que Rousseau montrait déjà pour
« la mélodie, » préférence irréfléchie, naturelle, et qui
ne devait qu'accroître avec le temps et la contradiction,
semblait le désigner pour être le champion de la musique italienne, où il trouvait quantité de ces chants faciles et incolores qu'il décorait du nom de mélodies.
« Comme les sentiments qu'excite en nous la peinture
ne viennent point des couleurs, l'empire que la musique a sur nos âmes n'est point l'ouvrage des sons.....
La mélodie fait précisément dans la musique ce que fait
le dessin dans la peinture ; c'est elle qui marque les
traits et les figures, dont les accords et les sons ne sont
que les couleurs. »

N'est-ce pas se hasarder beaucoup que d'assurer que
le dessin dans la peinture et la mélodie dans la musique
sont seuls capables d'exciter nos sentiments ? Le philosophe va plus loin et affirme que « la seule harmonie
est même insuffisante pour les expressions qui sem-
blent dépendre uniquement d'elle. Le tonnerre, le
murmure des eaux, les vents, les orages sont mal rendus par de simples accords. »

Il serait difficile de pousser plus loin l'amour de la
mélodie que de vouloir rendre de pareils phénomènes

par « une espèce de discours qui supplée à la voix de la nature ; » mais il faut s'habituer à ces exagérations paradoxales du philosophe et s'apprendre à découvrir, au milieu de ces hyperboles extravagantes, les préceptes justes et sensés que le critique y entremêlait sitôt que, cessant de tendre sa pensée vers une idée fixe, vers sa marotte, il retrouvait toute sa lucidité d'esprit, toute sa rectitude de jugement.

Prenons pour exemple le paragraphe suivant de la même brochure : « Le musicien qui veut rendre du bruit par du bruit se trompe ; il ne connaît ni le faible ni le fort de son art ; il en juge sans goût, sans lumières. Apprenez-lui qu'il doit rendre du bruit par du chant ; que, s'il faisait coasser des grenouilles, il faudrait qu'il les fît chanter : car il ne suffit pas qu'il imite, il faut qu'il touche et qu'il plaise ; sans quoi sa maussade imitation n'est rien ; et ne donnant d'intérêt à personne, elle ne fait nulle impression. Des suites de sons et d'accords m'amuseront un moment peut-être ; mais, pour me charmer et m'attendrir, il faut que ces suites m'offrent quelque chose qui ne soit ni un son ni un accord, et qui me vienne émouvoir malgré moi. Les chants même qui ne sont qu'agréables et ne disent rien lassent encore ; car ce n'est pas tant l'oreille qui porte le plaisir au cœur, mais le cœur qui le porte à l'oreille. »

Quel curieux mélange de sagesse et d'erreur, de justesse d'esprit et de parti pris ! Comme le partisan forcené de la mélodie se montre bien dans la première phrase, alors qu'il veut qu'on fasse chanter jusqu'aux grenouilles ! Mais à peine a-t-il soutenu cette thèse réjouissante que le bon sens reprend son empire et lui dicte la fin de ce morceau, une page de haut style où le critique, emporté par un sentiment irrésistible de la véritable grandeur et de la beauté vraie, flagelle les faux apôtres de la musique et frappe à coups redoublés sur tous ceux qui, comme lui-même, demandaient qu'il n'y eût dans la musique que des chants, que de la mélodie.

Il y a plaisir à voir Rousseau, au moment d'engager le combat sous la bannière italienne, rendre justice aux idées, aux maîtres qu'il admirait naguère, qu'il honnira bientôt. A cette heure même, il adressait à Grimm une lettre, où tout en défendant chaudement la *Lettre sur Omphale*, il traitait encore Rameau non plus avec l'enthousiasme passé, mais de façon, disait-il lui-même, « à ne contenter ni ses partisans ni ses ennemis. » Bien que les hostilités ne soient pas encore commencées, il faut déjà lui savoir gré de la modération avec laquelle, louant les « talents supérieurs » de l'auteur de *Dardanus*, mais blâmant « les accompagnement confus et le tintamarre continuel des instruments », — qu'il admirait auparavant, — il rend un hommage précieux au « célèbre M. Rameau, auquel il faudrait que la nation rendît bien des honneurs pour lui accorder ce qu'elle lui doit. » Belles paroles qu'il oubliera dans le tumulte de la bataille. Elle s'engage en effet bientôt, cette lutte digne des temps héroïques, et Rousseau, pensant du coup faire mordre la poussière à ses ennemis, fourbit ses armes et lance sa fameuse *Lettre sur la musique française*. Le parti ennemi fut frappé en pleine poitrine par ce coup inattendu, mais non pas anéanti, comme il plaît au philosophe de le dire dans certaine page des *Confessions*. « Le coin du roi voulut plaisanter, il fut moqué par *le Petit Prophète* ; il voulut se mêler de raisonner, il fut écrasé par la *Lettre sur la musique française*. »

Quand on lit ce brillant opuscule comme il convient pour se faire une juste idée de l'esthétique de Jean-Jacques, — c'est-à-dire en laissant de côté toutes ces plaisanteries mordantes sur la mauvaise exécution du temps (mouvements peu naturels et sans précision, égalité des temps entièrement perdue, altération de la mesure, cadences et ports de voix hors de propos), et aussi cette virulente satire d'un orchestre qui, « vanté comme le premier du monde, serait à peine digne des tréteaux de guinguette ; » — on voit clairement que le charme irrésistible de la musique italienne résidait pour lui dans ce don qu'elle a de caresser, de charmer l'oreille, dans ses articulations douces et faciles, dans sa prononciation coulante et mélodieuse. Rousseau le répète à plusieurs reprises : ce qui le séduit dans la musique italienne, c'est moins la musique que la parole, c'est la douceur mielleuse du langage opposé à la rudesse du nôtre. Et il part bravement de là pour soutenir que la France, non plus que l'Allemagne et l'Angleterre, ne saurait avoir une musique propre : la constitution de la langue s'y refuse.

C'est en 1753, trois ans après la mort de Sébastien Bach, au moment où Hændel payait par des chefs-d'œuvre l'hospitalité que lui donnait l'Angleterre, que Rousseau écrivait ces lignes bouffonnes à force d'assurance. Il faut ajouter qu'il rétracta par la suite cette théorie, que la langue française était tout à fait impropre à la musique, après avoir entendu les chefs-d'œuvre de Gluck, c'est-à-dire la musique la plus opposée à celle qu'il avait toujours proclamée comme la seule louable et la seule agréable. Voilà, entre mille, une éclatante contradiction, qui prouve plus en faveur de la sincérité que de la solidité de ses opinions.

Jean-Jacques traite avec de grands développements deux points qui lui tenaient fort à cœur : l'orchestration et la vraisemblance dramatique. C'est surtout dans ses théories sur le rôle de l'orchestre qu'on distingue combien Rousseau musicien a fait de tort à Rousseau écrivant sur la musique. Les maigres accompagnements italiens le ravissent d'aise, il les déclare pathétiques et tragiques au possible, et, par contre, il répudie comme effroyable l'orchestre de Rameau, où dit-il, « plus on entasse de chants mal à propos, et moins la musique est agréable et chantante, parce qu'il est impossible à l'oreille de se prêter au même instant à plusieurs mélodies, et que, l'une effaçant l'impression de l'autre, il ne résulte du tout que de la confusion et du bruit. »

Pour modèle incomparable, il offre à tous nos musiciens les accompagnements à l'unisson, ou plaqués à la mode italienne, en admettant — à la grande rigueur — « quelques additions, ou, comme disaient les anciens musiciens, quelques *diminutions*, qui ajoutent à l'expression ou à l'agrément, sans détruire en cela l'unité de la mélodie. »

On voit par là quelle pauvre musique rêvait Rousseau et comment son médiocre talent d'harmoniste

l'entrainait dans une fausse voie. Pour lui, qui croyait
posséder des trésors de mélodie, toute la musique con-
sistait en un chant auquel on ajoutait un accompagnement aussi simple que possible, de peur sans doute
d'embarrasser le compositeur ou de faire détonner le
chanteur. On s'explique dès lors, par le mépris où il la
tenait, le mot de « *remplissage* » qu'il appliquait à l'orchestration.

En ce qui concerne la recherche de la vérité dramatique, les idées de Rousseau ne laissent pas de surprendre, tant elles sont audacieuses à force d'être
simples. Il admet d'abord « qu'en s'ôtant la connaissance des paroles, on s'ôte celle de la partie la plus
importante de la mélodie, qui est l'expression; » puis
il aborde la question de la vraisemblance scénique, et
se trouve, au sujet du duo comme à propos du ballet,
absolument d'accord avec Grimm.

« L'auteur de la *Lettre sur Omphale* a déjà remarqué, dit-il, que les duos sont hors de la nature; car
rien n'est moins naturel que de voir deux personnes se
parler à la fois durant un certain temps, soit pour dire
la même chose, soit pour se contredire, sans jamais
s'écouter ni se répondre... Ce qui regarde le musicien,
c'est de trouver un chant convenable au sujet et dis-
tribué de telle sorte que chacun des interlocuteurs parlant alternativement, toute la suite du dialogue ne
forme qu'une mélodie. Quand on joint ensemble les
deux parties, ce qui doit se faire rarement et durer
peu, il faut trouver un chant susceptible d'une marche
par tierces ou par sixtes, dans lequel la seconde partie fasse son effet sans distraire l'oreille de la pre-

mière : il faut garder la dureté des dissonances, les sons perçants et renforcés, le *fortissimo* de l'orchestre, pour les instants de désordre et de transport.... »

Grimm dit, de son côté, dans le *Poëme lyrique* : « Le *duo* ou *duetto* est un air dialogué, chanté par deux personnes animées de la même passion ou de passions opposées. Au moment le plus pathétique de l'air, leurs accents peuvent se confondre, cela est dans la nature ; une exclamation, une plainte peut les réunir, mais le reste de l'air doit être en dialogue. Il ne peut jamais être naturel qu'Armide et Hidraot, pour s'animer à la vengeance, chantent en couplet :

> Poursuivons jusqu'au trépas
> L'ennemi qui nous offense ;
> Qu'il n'échappe pas
> A notre vengeance !

« Ils recommenceraient ce couplet dix fois de suite avec un bruit et des mouvements de forcenés, qu'un homme de goût n'y trouverait que la même déclamation fausse, fastidieusement répétée. »

Grimm partageait donc encore, en 1765, toutes les idées de son ennemi ; mais son exemple est bien mal choisi. A l'entendre, le magnifique duo de Lulli, que le chef-d'œuvre de Gluck sur les mêmes paroles n'a pu faire oublier, ne serait qu'une déclamation fausse et fastidieusement répétée. Et ce serait contre nature ! Au dire de Grimm lui-même, le duo est un morceau « chanté par deux personnes animées d'une même passion ». Armide et Hidraot éprouvent-ils donc dans toute cette scène un autre sentiment qu'une haine vio-

lente, et n'est-ce pas le moment ou jamais d'employer
« les sons perçants et renforcés, le *fortissimo* de l'orchestre » que Rousseau veut bien admettre dans les
moments de désordre et de transport ? Quoi qu'en aient
pu dire Grimm et Rousseau, ce duo est naturel et magnifique de vérité, d'expression dramatique.

Rousseau, il est vrai, indique comme un modèle parfait le duetto de *la Serva padrona* : « *Lo conosco a
quegli occhietti* ! » mais, tout en reconnaissant la grâce
exquise et la franche gaîté de ce morceau, il est difficile
de ne pas regarder le duo de Lulli comme une page d'un
pathétique achevé et d'une bien autre portée. Les spi-
rituelles critiques des deux philosophes sur le genre
même du duo ont pourtant un grand fonds de justesse ;
et c'est par centaines qu'on compte, dans les opéras de
tous temps et de tous pays, les duos où deux personnes animées de passions opposées chantent le même
refrain sans jamais s'écouter ni se répondre. On ne
peut établir à cet égard aucune règle absolue, et le
plus simple est de s'en remettre au génie du compositeur. Cela est tellement vrai, qu'on pourrait citer différents duos, tous admirables de passion, et qui sont les
uns (comme ceux des *Huguenots* et de *l'Africaine*) la
négation absolue, les autres (ceux de *Lohengrin* ou de
Tristan, par exemple), l'application exacte du principe
posé par les philosophes ; — nous ne parlons, bien
entendu, que du plan général du morceau et non pas
des misérables conditions, comme les tierces ou les
sixtes, auxquelles ils voulaient astreindre tous les compositeurs. Heureusement que la musique n'a pas écouté
le : « Tu n'iras pas plus loin ! » de Rousseau.

17

Les *Observations sur l'Alceste italien* de Gluck, que Rousseau envoya au docteur Burney pour le remercier « des précieux cadeaux de ses écrits, » nous amènent à la troisième période de sa carrière musicale, période toute d'apaisement et de conciliation, durant laquelle le philosophe cherche surtout à réparer les exagérations auxquelles l'a entraîné la fureur du combat.

Alceste parut à Vienne en 1767, et Gluck n'arriva lui-même en France qu'en 1774. La guerre des Bouffons était donc depuis longtemps apaisée, et Rousseau put juger d'un esprit calme les idées et l'œuvre du réformateur. Il n'entreprit qu'à contre-cœur cette tâche ingrate qu'il jugeait au-dessus de ses forces, « dans l'état de dépérissement où étaient depuis plusieurs années ses idées, sa mémoire et toutes ses facultés ; » mais Gluck insistant, il dut céder et écrivit alors quelques pages de critique judicieuse et bien raisonnée, qui valent mieux que tous les paradoxes contenus dans ses ouvrages précédents.

Jean-Jacques mit d'abord le doigt sur le défaut capital de l'ouvrage. C'est, à son avis, un contre-sens général que le premier acte soit le plus fort de musique et le dernier le plus faible, ce qui est directement contraire à la bonne gradation du drame, où l'intérêt doit toujours aller en se renforçant. « Si l'auteur du drame, ajoute-t-il, a cru sauver ce défaut par la petite fête qu'il a mise au second acte, il s'est trompé. Cette fête, mal placée et ridiculement amenée, doit choquer à la représentation, parce qu'elle est contraire à toute vraisemblance et à toute bienséance, tant à cause de la promptitude avec laquelle elle se prépare et s'exécute, qu'à cause de l'absence de la reine dont on ne se met point en peine, jusqu'à ce que le roi s'avise, à la fin, d'y penser. »

Est-ce donc Rousseau qui parle avec cette modération ? Lui qui s'était élevé avec tant de vigueur contre l'introduction du moindre ballet dans l'opéra, lui qui avait écrit en toutes lettres, dans son *Dictionnaire* : « Il faut bannir du drame lyrique les fêtes et les divertissements, » le voilà qui, aujourd'hui, se laisse aller à discuter le plus ou moins d'opportunité d'une fête ; et discuter, critiquer la forme du divertissement, c'est presque l'admettre. Gluck a reconnu lui-même la justesse de cette remarque en la mettant à profit dans l'*Alceste* française ; il a encadré cette fête de la façon indiquée par Rousseau pour « la rendre touchante et déchirante par sa gaieté même. »

Cet ouvrage, le meilleur peut-être que Jean-Jacques ait écrit sur la musique, renferme nombre de pensées justes et de vues élevées ; l'auteur semble s'y être presque dégagé de tout parti-pris, mais il retombe par instants dans ses exagérations passées et écrit par exemple : « J'oserai même dire que le plaisir de l'oreille doit quelquefois l'emporter sur la vérité de l'expression, car la musique ne saurait aller au cœur que par le charme de l'oreille. » Et pourtant n'avait-il pas dit autrefois : « Ce n'est pas tant l'oreille qui porte le plaisir au cœur que le cœur qui le porte à l'oreille » ? Encore une contradiction ; nous renonçons à les compter. Le pauvre philosophe avait peine à se reconnaître dans toutes ses volte-face et à concilier tant bien que mal toutes les variations de son goût musical.

Ailleurs, en parlant de l'association si difficile de la parole et de la musique, il écrit cette phrase : « C'est un grand et beau problème à résoudre, de déterminer jusqu'à quel point on peut faire chanter la langue et parler la musique. C'est d'une bonne solution de ce problème que dépend toute la théorie de la musique dramatique. L'instinct seul a conduit, sur ce point, les Italiens dans la pratique aussi bien qu'il était possible ; et les défauts énormes de leurs opéras ne viennent pas d'un mauvais genre de musique, mais d'une mauvaise application d'un bon genre. » Rousseau parlant des *énormes* défauts de la musique italienne ; — que les temps sont changés !

Le philosophe avait eu beau se forcer pour apprécier la création de Gluck, il avait pu commander à son impartialité, non à son admiration. Au moment même d'aborder l'analyse détaillée des morceaux d'*Alceste*, une exclamation lui échappe qui laisse deviner le fond de sa pensée. « C'est une grande fatigue pour moi, dit-il avec une feinte modestie, de suivre des partitions un peu chargées ; celle d'*Alceste* l'est beaucoup, et de plus très embrouillée, pleine de fausses clefs, de fausses notes, de parties entassées confusément. » Cette phrase si courte en dit long. Décidément Rousseau ne goûtait qu'à demi le chef-d'œuvre qu'on lui soumettait. La distance était trop grande à parcourir des gracieux intermèdes des Bouffons italiens aux tragédies lyriques du maître allemand.

Pendant quelque temps, des rapports d'amitié existèrent entre le musicien et le philosophe qui s'entr'aidaient avec une bonne grâce touchante. Ouvrez les

Mémoires de Bachaumont et vous y lirez à la date du
24 avril 1774 : « M. Rousseau, de Genève, est récon-
cilié avec les directeurs de l'Opéra, par l'entremise du
chevalier Gluck. Celui-ci leur a fait sentir leurs torts
vis-à-vis de ce grand homme ; il lui a fait rendre justice sur divers objets d'intérêt. »

Peut-être pourrait-on trouver dans ces lignes la raison du vif enthousiasme de Rousseau pour les créations
du maître. Comment, en effet, expliquer que Jean-
Jacques, l'ancien champion de l'école italienne, ait
ainsi chanté les louanges du réformateur allemand, et
qu'empêché comme il l'était par l'âge — ou l'indifférence — de prendre part à la lutte de Gluck et de Piccinni, il ait encore trouvé assez de voix, malgré son
« dépérissement, » pour proclamer bien haut le génie
du chantre d'*Alceste ?* Quoi qu'il en soit, cette vive
amitié ne dura guère, et un beau matin, sans autre
raison, semble-t-il, qu'un caprice d'humeur noire, qu'un
accès de misanthropie, Rousseau ferma brusquement
sa porte à l'ami qu'il avait reçu la veille à bras ouverts.

Dans tous les écrits de Rousseau, dans toutes ses
théories, qu'on les défende ou qu'on les condamne,
perce toujours le souci involontaire de son propre intérêt. D'où lui vient ce mépris constant pour les ensembles compliqués, pleins de savantes modulations, ce
dédain pour toute musique « où l'on distingue plusieurs
chants simultanés, » cette sainte horreur des fugues et
imitations, « restes de barbarie et de mauvais goût » ?
De ce qu'il était absolument incapable de les produire.
Comment expliquer, sinon par la pauvreté de sa musique, sa préférence pour les accompagnements plaqués

ou à l'unisson, son amour du chant simple, qui ne doit pas s'éloigner du ton principal et surtout cette passion, ce *dada,* disons le mot, pour ce qu'il nomme l'*unité de mélodie,* qu'il veut bien appeler un grand principe et dont il fait « une règle indispensable et non moins importante en musique que l'unité d'action dans une tragédie ? »

« Pour qu'une musique devienne intéressante, dit-il, pour qu'elle porte à l'âme les sentiments qu'on y veut exciter, il faut que toutes les parties concourent à fortifier l'expression du sujet, que l'harmonie ne serve qu'à le rendre plus énergique, que l'accompagnement l'embellisse sans le couvrir ni le défigurer, que la basse, par une marche uniforme et simple, guide en quelque sorte celui qui chante et celui qui écoute, sans que ni l'un ni l'autre ne s'en aperçoive ; il faut, en un mot, que le tout ensemble ne porte à la fois qu'une mélodie à l'oreille et qu'une mélodie à l'esprit. »

Voilà pour la théorie ; pour le modèle, il l'indique dans sa lettre à Burney : « ...Ce grand principe de l'*unité de mélodie,* suivi trop exactement par Pergolèse et par Leo pour n'avoir pas été connu d'eux ; suivi très souvent encore, mais par instinct et sans le connaître, par les compositeurs italiens modernes ; suivi très rarement par hasard par quelques compositeurs allemands (c'est de Gluck qu'il s'agit, à coup sûr), mais ni connu par aucun compositeur français, ni suivi jamais dans aucune autre musique française que le seul *Devin du Village* et proposé par l'auteur de la *Lettre sur la Musique française* et du *Dictionnaire de Musique,* sans avoir été ni compris, ni suivi, ni peut-être lu par personne, principe dont la musique moderne s'écarte journellement de plus en plus, jusqu'à ce qu'enfin elle vienne à dégénérer en un tel charivari, que les oreilles ne pouvant plus la souffrir, les auteurs soient ramenés de force à ce principe si dédaigné et à la marche de la nature. »

N'est-il pas plaisant de voir Jean-Jacques déclarer en termes à peine voilés que son opéra est le chef-d'œuvre de la musique dramatique française ? Ces deux citations montrent donc clairement que, chez Rousseau, le compositeur guidait trop souvent la plume du critique ; ses théories n'étaient, la plupart du temps, que l'explication et la défense de ses compositions. Dès lors comment un musicien aussi médiocre harmoniste, mais se flattant d'être riche mélodiste, aurait-il pu s'abaisser de gaieté de cœur, en exaltant une musique qui était la condamnation de la sienne ? Il ne l'a fait qu'une fois, — en proclamant le génie de Gluck, — et il est bien difficile de savoir au juste si c'était chez lui conviction ou reconnaissance.

On comprend dès lors pourquoi Rousseau prône tant la puissance souveraine de la mélodie, pourquoi il veut faire tout chanter, même les grenouilles, pourquoi il s'emporte violemment contre toute musique qui, par le fait qu'elle accorde moins d'importance au chant pur, à la mélodie, pourrait faire éclater aux yeux de tous les splendides effets qu'enfante l'harmonie. Il y a en résumé deux hommes chez Rousseau. A côté du compositeur, qui éprouvait un désir inconscient de défendre sa musique et celle qui s'en rapprochait le plus, il y avait un amateur éclairé qui sentait vivement l'art musical et qui traduisait ses impressions dans des écrits remarquables de verve et de justesse, tant que le parti-pris ou l'amour-propre ne venait pas gâter son goût naturel et son bon sens artistique. Cela lui arrivait malheureusement trop souvent, car, l'amour-propre, engendrant le parti-pris, est le péché mignon des hommes de talent ou de génie : à ce compte-là, Jean-Jacques en devait avoir et en avait effectivement beaucoup.

IV

MABLY — D'HOLBACH — LAUGIER — CAZOTTE

ET esprit austère et un peu mo-
rose, cet homme d'un caractère
élevé qui avait mieux aimé conserver son indépendance que de
briguer les dignités de l'Église,
dans laquelle la protection de
son oncle, le cardinal de Tencin,
lui assurait une faveur rapide, cet écrivain qui s'était
voué à l'histoire, à la morale et à la politique, ce
sage qui s'était épris d'un si bel enthousiasme pour les
républiques de l'antiquité, l'abbé Mably, ne sut pas
non plus résister au désir de dire son opinion sur la
question musicale, et publia, en 1741, ses *Lettres à
Mme la marquise de P.....*, (Pompadour) *sur l'Opéra*.

A cette époque, la querelle musicale ne faisait encore

18

que couver et ne dépassait pas un cercle assez restreint
d'amateurs et de beaux esprits qui discutaient avec retenue et modération. Ceux-ci conservaient un excellent
souvenir des premières représentations des Italiens en
1729, et attendaient avec impatience une nouvelle visite de ces aimables hôtes; ceux-là applaudissaient aux
productions de la musique française, sans s'inquiéter
beaucoup de la prétendue supériorité de l'école italienne: jusque-là nulle passion, nul fanatisme.

Le petit livre de Mably répond bien à cet état d'a-
paisement des opinions musicales : c'est un ouvrage
de réflexion, non de polémique. Vivant dans la retraite,
loin du bruit du monde et des affaires, cet homme de
bien, qui donnait pour rien ses ouvrages aux libraires,
ce philosophe si vivement épris de la liberté qui répondait, un jour qu'on voulait l'entraîner chez un ministre : « Je le verrai volontiers..... quand il ne sera
plus en place », a porté dans cet examen des doctrines
musicales un calme et une justesse d'esprit remarquables.

Il a pesé le pour et le contre avec une scrupuleuse
sagesse; à la fois partisan de la France et de l'Italie, il
les critique également l'une et l'autre. Esprit impartial
par excellence, défendant Lulli avec chaleur et plaçant
avec raison ses belles pages au-dessus des créations de
la musique italienne, reconnaissant, d'autre part, que
les ariettes italiennes sont plus variées, plus harmo-
nieuses que les nôtres, Mably exprime dans son livre
des idées très sensées et les formule en style clair et
modéré. Un seul passage suffira pour en juger :

Il y a mille nuances différentes qu'un homme de génie peut seul saisir et qui servent à répandre sur la musique cette vérité, cette délicatesse et cette variété qui charment. On se contente aujourd'hui d'une certaine expression grossière qui ne peut plaire à des gens de goût : la colère fait toujours beaucoup de bruit ; on fatigue la poitrine de tous les acteurs, les oreilles de tout le spectacle et les mains de tout l'orchestre. On appelle délicatesse une certaine mignardise de chant qui fait nécessairement perdre de vue à tous les spectateurs la situation de leur héros. Un musicien croit aujourd'hui s'être suffisamment asservi au poëte quand il n'aura point passé sans badiner sur un *murmure* ou sur un *voler*, et qu'il ne laissera jamais prononcer le nom des *oiseaux*, des *ruisseaux* et du *tonnerre* sans des roulements imitatifs. Un homme raisonnable et qui songe plus au cœur qu'aux oreilles néglige souvent ces agréments frivoles. Il s'attache à rendre la pensée et le sentiment d'un vers, sans vouloir faire une peinture de mots en particulier.

. . . .

Le grand mal est que les trois quarts des Français qui fréquentent l'Opéra, n'en ont point d'idée. Ils n'ont que des oreilles, et au lieu de penser que l'opéra est l'imitation d'une action, ils ne le regardent que comme un concert.

Ces pensées ne sont-elles pas aussi justes que finement exprimées ? L'auteur ne semble-t-il pas, dans ces lignes, prévoir dix ans à l'avance le sujet des fiévreuses discussions du Coin du Roi et du Coin de la Reine ? La dernière phrase, notamment pourrait passer à bon droit pour la moralité anticipée de cette bruyante polémique.

*
* *

L'auteur du *Christianisme dévoilé*, du *Système de la Nature* et de tant d'autres écrits qui forment comme l'Évangile du matérialisme, l'adversaire déclaré de toute croyance religieuse, qui avait fait de son salon le rendez-vous des philosophes les plus hardis, avait aussi, comme on sait, cultivé avec passion les sciences naturelles, mais son goût d'ailleurs modéré pour la musique est moins connu.

Tout le monde en parlait, d'Holbach prétendit parler aussi de cet art sans y connaître grand'chose (il n'en savait ni plus ni moins que ses amis) et fit paraître une brochure intitulée : *Lettre à une dame d'un certain âge sur l'état présent de la Musique (en Arcadie, aux dépens de l'Académie royale de Musique)*, un vrai modèle de persiflage, où l'auteur, partisan plutôt par mode que par conviction de la musique italienne, lance à ses adversaires quelques ripostes assez malicieuses.

Une dame de ses amies vient de quitter « une ville dans laquelle il allait se passer les plus étranges extravagances », elle l'a prié de le tenir au courant de ces querelles; et lui, quoique à regret, a accepté cette tâche difficile. Il commence et veut lui dépeindre toute l'ardeur de la lutte. A cette fin que fait-il ? Il se pose en champion de la musique française, il l'exalte à tout prix, à tout propos, fulmine les plus furieux anathèmes contre l'école italienne et prétend faire ressortir la médiocrité de l'école française à force d'emphase ridicule.

« Une joie bruyante et des éclats immodérés ont déchiré le voile de ce temple et succédé au sang-froid noble et majestueux et aux applaudissements sages et modérés des admirateurs de Campra, de Mouret, de Destouches. O mœurs, ô mœurs !

» On rit à l'Opéra, on y rit à gorge déployée ! Ah ! madame, peu s'en faut que cette triste idée ne me fasse pleurer ! »

Puis c'est Rameau, dont il fait un sérieux éloge sous une forme froidement dédaigneuse. A peine consent-il à céder, pour un instant, la parole aux défenseurs des Italiens ; ce n'est qu'en haussant les épaules de dédain qu'il veut bien examiner les prétentions de la musique ultramontaine. « Telles sont, madame, les horreurs que vous seriez forcée d'entendre à ma place. Les noms respectables de Lulli, de Campra, de Destouches et de Mouret ou ne se prononcent plus, ou sont accompagnés de quelque épithète injurieuse ; mais s'il faut des originaux à nos enthousiastes, qu'ils nous laissent jouir en paix de notre musique qui, de l'aveu de tout le monde, est la chose la plus originale qu'on puisse voir. »

Mais après le navrant tableau de ce désastre artistique, ne doit-il pas, l'honnête homme, rassurer un peu sa correspondante en lui signalant de justes motifs de consolation ? « Les violons, par des détours adroits, par des ruses qui leur sont familières, ont travaillé sourdement à détruire l'œuvre à laquelle ils feignaient de se prêter ouvertement..... Le soporatif Acis et la narcotique Aréthuse étaient les contrepoisons les plus efficaces qu'on pût opposer à la nouveauté, et ils les ont employés, avec peu d'effet, à la vérité, mais c'est encore la faute de ces intermèdes invulnérables. Les bras les plus vigoureux qui composent notre orchestre n'ont rien omis pour défigurer, ou si vous voulez pour *dénaturaliser* les fatals accents qui font tourner la tête à nos Français ; ils ont mis en usage les accompagnements tantôt traînants, tantôt forcés, presque toujours à contre-sens, les tons faux, les mouvements estropiés, en un mot toute leur science. »

Mais suffit-il de regarder combattre les autres, et leur laissera-t-on tout l'honneur de la victoire ? Que non pas. Et lui-même s'en va prendre la défense de la musique française, avec son ami le commandeur. Ils ont d'abord protesté, crié à l'indécence, au scandale ; puis voyant que les applaudissements redoublaient et étouffaient leur voix, ils ont eu recours à la ruse la plus machiavélique.

« Le commandeur me répond de toutes les femmes jolies, ou qui prétendent l'être. — Crois-moi, me dit-il, mon pauvre chevalier, ces femmes veulent être regardées et ne goûtent jamais une musique que les hommes écoutent. Et nos petits messieurs qui aiment à fredonner ? tu t'imagines donc qu'ils supporteront des pièces où il n'y a pas un malheureux air qu'ils puissent estropier ? — En revanche je lui promets et nos compositeurs qui n'auraient qu'à souffler dans leurs doigts, si cette musique venait à prendre, et la plupart de nos chanteurs et chanteuses, qui, à l'exception de deux, seraient forcés de sauter du théâtre à la guinguette... »

Voilà donc deux artistes qui trouvent grâce aux yeux du pamphlétaire. Jélyotte et Mˡˡᵉ Fel. Mais Jélyotte va partir, lui, le grand chanteur par excellence. N'est-ce

pas le cas ou jamais de lancer un bon coup de griffe à
tous les prétendus chanteurs de l'Académie de musique ? « Cependant calmez un peu vos inquiétudes ; on
a découvert dans les antres de Vulcain, un cyclope
dont on espère les plus grandes choses ; et l'on se flatte
que six mois de magasin le mettront en état de nous
dédommager de toutes nos pertes. Cela seul ne devrait-
il pas décider en faveur de notre musique : des études
commencées dès la jeunesse la plus tendre, et conti-
nuées pendant des années entières, suffisent à peine
pour former un chanteur italien, c'est assez pour les
nôtres de solfier pendant quelques mois ; et on les en
a même quelquefois dispensés, sans qu'on s'en trouvât
plus mal. »

Est-ce seulement en Arcadie que les choses vont de ce
train-là, qu'on trouve des théâtres où l'on se flatte que
six mois d'exercice mettront les chanteurs à même de
tenir convenablement leur emploi, et qu'on rencontre
des écoles de musique où, loin de soumettre les élèves
à un travail progressif, lent et assidu, on se contente de
les faire solfier durant quelques semaines, — quand on
ne les dispense pas absolument de tout travail de ce
genre ?

*
* *

Descendant d'une famille de la Provence, engagé
dans l'ordre des Jésuites de Lyon, d'où ses succès de
prédicateur le firent bientôt mander à Paris pour
prêcher devant le roi, Laugier, une fois arrivé dans
la capitale, avait voulu y rester ; et, comme ses su-

périeurs, jaloux de ses succès, prétendaient le renvoyer à Lyon, il les avait prévenus en donnant sa démission. Il fut quelque temps secrétaire d'ambassade près l'Électeur de Cologne ; il obtint l'abbaye de Ribeauté en récompense de ses services diplomatiques, et dès lors, content de sa modeste existence, ne s'occupa plus qu'à revivre sa vie passée en publiant ses divers ouvrages.

Il avait été, au plus fort de la guerre musicale, un des solides défenseurs de notre musique, et son *Apologie de la Musique française*, qui datait de 1754, était une réponse énergique à la lettre de Rousseau. Il avait trouvé le mot vrai pour qualifier les théories du philosophe.

« Quoique je connusse le goût décidé de M. Rousseau pour le paradoxe, et les ressources que lui fournit son esprit pour donner une couleur de vérité aux idées les plus hardies et les plus singulières, j'avouerai que le trait qu'il vient de nous lancer surpasse tout ce que je pouvais attendre d'un auteur capable de soutenir qu'éclairer les hommes, c'est les corrompre. »

Paradoxe, — l'expression est juste, et il suffit d'un mot pour le démontrer. Quel en effet le résumé de toute la lettre de Rousseau ? Laugier l'expose : « C'est que toute musique nationale tire son principal caractère de la qualité du langage ; or, la langue française n'est point du tout propre à la musique, donc les Français n'ont point de musique et ne sauraient en avoir. »

Principe faux et application encore plus fausse, dit-il, — et il le démontre. La musique, comme la peinture et la poésie, n'a-t-elle pas pour seul but de remuer l'âme et de parler à l'imagination, n'est-elle pas l'art de peindre et d'émouvoir par le moyen des sons ? « Il suit évidemment que le caractère d'une musique nationale ne dépend point de la qualité du langage, mais de la mesure du génie. C'est le génie, et le génie seul qui enfante ce que la musique a de plus aimable et de plus touchant.... Quoi qu'on en dise, le vrai génie est de toutes les nations. »

Et pour prouver à Rousseau sur quelle base fragile repose son argumentation, Laugier lui oppose deux exemples irréfutables : « On peut composer des chants très mélodieux, les accompagner d'une harmonie très pure, y joindre l'extrême précision de la mesure, sans y mettre de paroles. Cette musique, où le langage n'entrera pour rien, n'aura-t-elle pas un caractère et une expression ?.... Mais si la langue seule est la source de la musique, s'il est vrai que la musique tire son principal caractère de la qualité du langage, la langue latine est commune à toutes les nations, et les paroles latines mises en chant devraient produire dans tous les pays le même caractère de musique. »

Puis il discute un à un tous les avantages de la langue italienne tellement prônés par le Coin de la Reine, « sa douceur, ses articulations peu composées, la rareté des consonnes, les voyelles sonores et pleines ; » il défend le terrain pied à pied, atténuant les imperfections de notre langue, contestant la supériorité de l'Italie, rappelant la pureté de nos vers lyriques, opposant à Jean-Jacques les odes, les cantates de « l'immortel Rousseau ; » et conclut par cette phrase de son adversaire changée du tout au tout par une simple négation : « Nous pouvons donc avoir de la musique, et si nous en avons une, ce *ne* sera *pas* tant pis pour nous. »

Dès lors, il s'agit de défendre cette musique ; il ne suffit pas de lui avoir reconnu le droit d'exister, il faut qu'elle existe en réalité ; il convient d'agir sans récrimination, sans montrer pour la musique française la même partialité que Rousseau montre pour la musique ultramontaine. C'est l'avis de Laugier, et il nous paraît très sage ; mais le critique entame aussitôt une longue énumération des défauts de l'école italienne, tout en se gardant bien d'en signaler un seul dans notre musique. « Je pourrais dire que cette musique ressemble aux feux d'artifice, qui éblouissent et qui n'éclairent pas, aux sauts de voltigeurs qui surprennent et qui n'amusent pas, aux tours de gobelets qui réjouissent et qui n'enchantent pas ; qu'on y cherche en vain la noblesse, la grâce, le grand goût, qu'en un mot, elle cause plus d'étonnement que de plaisir..... » Puis il s'arrête court et veut démontrer que nous avons de bonne, d'excellente musique. A cette fin, il distingue tout d'abord la composition et l'exécution, « la première qui est l'effet du génie, la seconde qui ne demande que de l'exercice et de l'habitude. » Quels sont donc, à l'entendre, les maîtres de la musique française ? Lulli, Clérambault, Campra et Lalande. Du premier, il loue les opéras, du second les cantates, et il montre une admiration sans bornes pour les motets des deux autres.

C'est là la partie faible de l'opuscule de Laugier, qui se laisse entraîner par son admiration pour l'école française, au point d'accabler d'éloges les Gilles, les Bernier, les Mouret, les Madin, en un mot toutes les médiocrités du parti national.

Il se retrouve bientôt. On peut, à coup sûr, regretter de voir un esprit aussi juste accéder à l'idée fixe de Rousseau, l'unité de mélodie; mais avec quelle vigueur il s'élève contre les accompagnements à l'unisson de l'école italienne, que Rousseau préconisait et qui, selon lui, ne sont propres qu'à déceler l'impuissance de l'art ! Et comme il a raison d'ajouter que « les Italiens montreraient beaucoup plus d'habileté en trouvant le secret de fortifier l'idée du chant par des accompagnements en accords plutôt que d'écrire des ensembles dont l'agrément n'est consommé que par l'unisson des parties! » Ne sont-ce pas nos compositeurs « qui, les premiers, ont protesté contre ces plats accompagnements, qui ont fortifié l'expression par des accompagnements dont la suppression fait éprouver à l'oreille un vide que tous les unissons du monde ne sauraient remplir ? »

Passe-t-il des unissons aux fugues, imitations, doubles dessins, dont Rousseau faisait si bon marché dans son impuissance égoïste, Laugier proteste contre cette expression de *beautés arbitraires ou de pure convention* et, tout en condamnant l'abus, il déclare que « prétendre qu'il n'y a pas moyen d'en tirer avantage pour embellir et fortifier l'expression, c'est raisonner contre une expérience certaine, c'est ôter à l'artiste une de ses plus précieuses ressources. » Il relève enfin avec esprit cette singulière perfection de la musique italienne qui croit pouvoir peindre tous les caractères avec n'importe quelle mesure, qui prétend être triste sur un mouvement gai et gaie sur un mouvement lent : « Si c'est là la perfection, j'avoue de bonne foi que je n'avais point idée de la musique parfaite. »

Laugier termine sa brochure par un éloquent réquisitoire contre les artistes ou chanteurs qui se permettent de modifier la musique qu'ils interprètent, d'y ajouter des agréments ou des variantes... « On peut, dit-il, avoir la voix très flexible et très belle, le jeu très subtil et très brillant, et exécuter la musique d'une manière détestable. La bonne exécution demande qu'on entre bien dans la pensée du compositeur et dans l'esprit de la chose ; qu'on s'attache à donner à chaque note sa valeur précise, qu'on ne s'émancipe point à y ajouter de son autorité privée des ornements de surérogation ; qu'on s'en tienne scrupuleusement à la lettre, se contentant de mettre l'âme et le feu dont la lettre ne parle point. »

A combien d'artistes s'adresserait encore cette sévère mercuriale ! Laugier avait trouvé d'ailleurs un moyen catégorique de couper court à ces regrettables fantaisies : ce n'était rien moins qu'une loi défendant à tous les musiciens d'orchestre de changer quoi que ce fût à la mélodie, avec ordre exprès de s'en tenir minutieusement au noté qu'ils avaient devant les yeux.

« Vous avez voulu faire l'habile homme, disait Campra à l'un de ces violons qui s'était avisé de broder un accompagnement, et vous n'êtes qu'un sot. Si vos fredons étaient nécessaires. je les aurais mis. » Que l'artiste, chanteur ou instrumentiste, qui n'a jamais changé une note à sa partie, relève cette dure parole !

Laugier n'a pas conservé — tant s'en faut — dans l'histoire de cette querelle musicale, un rang en rapport avec la valeur des idées qu'il avait émises et la façon

dont il les avait défendues. Le grand renom de ses adversaires et aussi de ses alliés l'a complétement éclipsé ;
et pourtant, au point de vue musical, qui doit seul nous
occuper, Laugier fit preuve d'un grand sens et d'un
goût éclairé. Il a peu écrit, mais ce qu'il a laissé offre
un sérieux intérêt ; il eut sur presque tous ceux qui
prirent part à cette dispute le grand avantage de conserver un rare sang-froid au milieu de l'exaltation générale. Il défendit avec chaleur les créations de notre
musique et sut être juste envers la France sans être injuste envers l'Italie.

L'auteur du *Diable amoureux* est — qui s'en dou-
tait ? — un des polémistes du temps qui combattirent
avec le plus de vivacité les théories de Rousseau et
qui défendirent, avec plus d'ardeur que de bonheur, les chefs-d'œuvre de la scène française. L'année
même où Laugier publiait son opuscule, en 1754,
Cazotte lançait ses *Observations sur la lettre de
J.-J. Rousseau, au sujet de la musique française,* un
pamphlet acéré qui, pour tomber par instants dans des
personnalités blessantes, n'en renferme pas moins
d'excellents passages. Cette phrase du début, par exemple, est vraiment d'une méchanceté bien spirituelle :
« Je suis presque l'adversaire qu'il a destiné dans son
livre à l'honneur de lui répondre. Je ne suis Poëte ni
Musicien, et j'ai assez d'humeur pour pouvoir (vis-à-
vis de lui) trancher du Philosophe. Les gens de l'art
vont combattre en règle ; en attendant, je vais l'amuser
par une escarmouche... »

Aussi ardent à l'attaque que ferme à la riposte, mais incapable de rester longtemps sur la défensive, Cazotte ne garde qu'un instant ce ton de vive plaisanterie. Son style s'aigrit, et, sous prétexte de défendre la musique française, il attaque violemment Rousseau, le crible de railleries amères et en trace un portrait presque haïssable, mais qui renferme quelques dures vérités plus cruelles pour son rival que de grossières insultes. Qu'il relève, par exemple, une contradiction flagrante entre les écrits et la façon d'agir du philosophe, qu'il dise que Rousseau « décrie les arts et consacre son temps à s'essayer dans les plus frivoles ; » et celui-ci se tiendra coi, ne sachant que répondre à qui le bat avec ses propres armes.

Combien Cazotte eût mieux fait — dans l'intérêt même de sa cause — de toujours garder ce ton de persiflage et de ne pas lancer à son adversaire force injures dans le genre de celle-ci : « Il a senti qu'il ne pouvait être ni Voltaire, ni Montesquieu, ni d'Alembert, que sa voix rauque ne lui attirerait que peu d'attention si elle n'entonnait des hymnes fort bizarres : il a voulu être le Callot de la Philosophie et des Lettres, mais il est encore plus ridicule que singulier. Si le mépris d'autrui et l'estime de soi-même affichés avec indécence, si l'affectation cynique, la misanthropie constituent le philosophe, J.-J. est un très grand philosophe. Si le dédain des idées reçues et l'adoption des rêveries singulières à leur place, si le ton décisif, si le sel amer et caustique font le grand homme de lettres, J.-J. est un grand homme de lettres. »

Cazotte sent bientôt que ce mode d'attaque ne lui

réussit pas ; il quitte alors l'insulte pour l'ironie, et laissant de côté l'homme pour les théories, réfute une à
une les assertions de son adversaire. Il combat plus à
l'aise sur ce terrain favorable ; il devient aussi plus
impartial à mesure qu'il se sent plus sûr de la victoire,
et, tout en défendant la musique française, tout en
affirmant, contre les critiques de Rousseau, la beauté
de nos airs, de nos chœurs et de nos danses, il ne laisse
pas de confesser certains avantages de la musique
d'outre-monts.

« Elle est simple, agile, légère, malléable, fusible ;
elle est propre à tout et touche aux deux extrémités.
Elle doit à sa langue tous ces différents avantages, mais
je ne sais pas si la marche et le ton de la nôtre n'est
pas plus propre à rendre certains sentiments nobles et
élevés, qui ont du rapport avec notre caractère. Nous
ne réussissons jamais mieux que quand nous apostro-
phons les dieux : l'instinct, autant que le sentiment
de leurs forces, a inspiré cette hardiesse à nos auteurs. »

A peine a-t-il lancé cette fière tirade, Cazotte recule
et avoue tranquillement qu'en somme notre musique
ne vaut pas la musique italienne. Mais il regrette aussitôt cette faiblesse, il reprend l'offensive et conclut
enfin, avec une modération qui paraît inexplicable
après une attaque aussi violente, que les deux écoles
musicales peuvent aller de pair.

Je vais faire un raisonnement dans son goût (le goût
de Rousseau) et me servir de sa logique. La langue
anglaise est dure et moins propre à la poésie dramati-

que que ne l'est la française. Leurs auteurs ont moins entendu le théâtre que les nôtres. Le théâtre français est le théâtre par excellence. Il est adopté de toute l'Europe. Le théâtre anglais est circonscrit dans les bornes du royaume. Nos acteurs ont un jeu noble, mesuré, cadencé, soutenu ; les acteurs anglais sont tout au plus pathétiques et naïfs.

Donc les Anglais doivent renoncer à leur théâtre ; donc les beautés terribles et sublimes de Shakespeare ne doivent plus les toucher. Donc le *Caton* de M. Addison est sans mérite. Donc ils n'ont fait ni ne peuvent faire de bonnes pièces.

Il serait à désirer que M. Rousseau allât proposer à Londres ce paradoxe très digne de lui ; on nous le renverrait corrigé.

Donc — pour continuer la période — les opéras français, bien qu'ayant, selon Cazotte, un moindre mérite, peuvent exister à côté des créations italiennes. A celles-ci l'honneur et la gloire ; quant à notre musique, on lui permet de vivre... par pure condescendance. A dire vrai, ce n'était guère la peine de montrer tant de fiel et d'aigreur envers Jean-Jacques, de s'épuiser en raisonnements de toute sorte pour arriver à cette conclusion d'une timidité excessive.

V

DIDEROT

IDEROT fut à coup sûr un des écrivains de l'époque qui comprirent le mieux les beaux-arts : il leur accordait une admiration à la fois sincère et réfléchie. Ses « salons » sont considérés par les connaisseurs comme des modèles de critique sur la peinture et la sculpture. Sans lui reconnaître un égal crédit en matière musicale, on ne saurait nier l'originalité de ses vues ni contester l'autorité de son jugement sur la déclamation lyrique. Ses contemporains, ses amis lui reprochaient de savoir écrire de belles pages, sans savoir écrire un beau livre ; il leur répondit par *le Neveu de Rameau*, un chef-d'œuvre que l'on admire davantage à mesure qu'on le connaît mieux. Il est vrai qu'il avait adopté pour cet ouvrage la forme dans laquelle il excellait : la conversation, où, de l'aveu de tous, personne ne le surpassait pour la vivacité, l'énergie, l'esprit et la variété.

On retrouve chez Diderot la même préférence que chez Rousseau pour l'école italienne et aussi les mêmes attaques contre la musique française. Cependant, en raison du temps écoulé, les esprits se sont calmés, et la discussion, au fond toujours assez vive, a pris des formes moins aigres. En effet, *le Neveu de Rameau*, dont on ne connaît pas la date précise, a dû être écrit, au moins en majeure partie, entre 1760 et 1764, soit près de dix ans après le séjour des Italiens en France. Ces deux dates nous sont fournies par la première représentation des *Philosophes*, de Palissot (20 juin 1760), dont Diderot parle comme d'une œuvre récente, et par la mort de Rameau (12 septembre 1764), qui, d'après un passage, vivait encore au moment où Diderot écrivait ce brillant dialogue.

« C'est Rameau, dit l'auteur en présentant son triste héros, élève du célèbre qui nous a délivrés du plain-chant que nous psalmodions depuis plus de cent ans, qui a tant écrit de visions inintelligibles et de vérités apocalyptiques sur la théorie de la musique, où ni lui ni personne n'entendit jamais rien, et de qui nous avons un certain nombre d'opéras où il y a de l'harmonie, des bouts de chants, des idées décousues, du fracas, des vols, des triomphes, des lances, des gloires, des murmures, des victoires à perte d'haleine, des airs de danse qui dureront éternellement, et qui, après avoir

enterré le Florentin, sera enterré par les virtuoses italiens, ce qu'il pressentait et [qui] le rendait sombre,
triste, hargneux ; car personne n'a autant d'humeur,
pas même une jolie femme qui se lève avec un bouton
sur le nez, qu'un auteur menacé de survivre à sa réputation, témoin Marivaux et Crébillon le fils. »

La critique se dégage nettement de cette tirade, et
l'assimilation de Rameau à Marivaux et à l'auteur du
Sopha est assez peu flatteuse ; mais Diderot accentue
encore son opinion sur l'auteur d'*Hippolyte et Aricie*.
Alors que le neveu du maître exhale en paroles amères
la terrible haine « à n'en jamais revenir » qu'il a conçue contre le génie : « Doucement, cher homme ! s'écrie
son interlocuteur, voulant passer des généralités à une
discussion plus précise. Ça, dites-moi, je ne prendrai
pas votre oncle Rameau pour exemple. C'est un homme
dur, c'est un brutal, il est sans humanité, il est avare,
il est mauvais père, mauvais époux, mauvais oncle ;
mais il n'est pas décidé que ce soit un homme de
génie, qu'il ait poussé son art fort loin et qu'il soit
question de ses ouvrages dans dix ans. » Diderot
exprime ici en termes plus précis l'opinion qu'il avait
précédemment émise, à savoir que Rameau pourrait
bien ne pas être un grand homme et que le temps ferait
prompte justice de ses ouvrages.

Un moment emporté par la jalousie que lui inspire
toute personne qui lui est supérieure, le neveu du
musicien exalte son oncle pour mieux faire ressortir sa
propre médiocrité dans laquelle il se drape avec orgueil :
« J'ai donc été, je suis donc fâché d'être médiocre. Oui,
oui, je suis médiocre et fâché. Je n'ai jamais entendu

jouer l'ouverture des *Indes galantes*, jamais entendu
chanter *Profonds abîmes du Ténare! Nuit, éternelle
nuit !* sans me dire avec douleur : Voilà ce que tu ne
feras jamais. J'étais donc jaloux de mon oncle : et s'il y
avait eu à sa mort quelques belles pièces de clavecin
dans son portefeuille, je n'aurais pas balancé à rester
moi et à être lui. » Mais ces louanges lui sont dictées
par une haineuse envie, et n'expriment nullement
l'opinion du drôle, non plus que celle de Diderot.

Un instant après, notre homme pris comme d'un
vertige subit, se met à marcher en chantant les airs les
plus applaudis de Duni ou de Philidor ; et de temps en
temps il s'écrie : « Si cela est beau, mordieu ! si cela
est beau ! comment peut-on porter à sa tête une paire
d'oreilles et faire une pareille question ! » Puis la passion l'emporte, il élève le ton à mesure qu'il se pas-
sionne davantage, s'égosillant et faisant tour à tour le
soprano, le ténor ou la basse, imitant des pieds, des
mains et de la bouche les différents instruments, criant,
chantant, se démenant comme un forcené, figurant à
lui seul les danseurs, les danseuses, les chanteurs, les
chanteuses, tout un orchestre, toute une troupe lyrique.
Tout à coup il attaque un morceau des *Lamentations*
de Jomelli et le répète avec une précision, une vérité,
une chaleur incroyables. Il tombe enfin épuisé de fatigue : « Eh bien! messieurs, qu'est-ce qu'il y a ?....
s'écrie-t-il en parlant aux gens qui l'entourent. D'où
viennent vos ris et votre surprise ? Qu'est-ce qu'il y a ?...
Voilà ce qu'on doit appeler de la musique et un musicien. Cependant, messieurs, il ne faut pas mépriser
certains airs de Lulli. Qu'on fasse mieux la scène de

J'attendrai l'aurore...., sans changer les paroles, j'en
défie. Il ne faut pas mépriser quelques endroits de
Campra, les airs de violon de mon oncle, ses gavottes,
ses entrées de soldats, de prêtres, de sacrificateurs :
*Pâles flambeaux, Nuit plus affreuse que les ténèbres...
Dieu du Tartare, dieu de l'oubli !* » Et voilà d'un seul
mot le grand Rameau mis poliment bien au dessous de
Duni, de Philidor, de Monsigny et de tous les compositeurs d'Italie.

Nous ne voulons pas donner ici une analyse détaillée
de cet ouvrage. Une lecture suivie peut seule en faire
apprécier la valeur, faire goûter le charme de tous ces
épisodes si spirituellement imaginés et décrits : la sonate
de violon, où notre homme, fredonnant un *allegro* de
Locatelli, imite les gestes, grimaces et contorsions
des violonistes à la mode ; la leçon d'harmonie, une
scène d'une si scrupuleuse exactitude qu'on en trouverait encore aujourd'hui de nombreux modèles ; la sonate
de clavecin exécutée, comme celle de violon, au moyen
de la voix et des gestes. Nous étudierons seulement les
passages principaux où se trouvent exposées les théories de Diderot sur la musique. Elles ont trait surtout
au chant et à la déclamation dans l'opéra, à la querelle
des Bouffons, à la poésie lyrique ; elles nous offriront
entre temps un grand éloge de Duni, où l'on verra
l'auteur confirmer encore l'arrêt porté par ce vaurien
sur la musique de son cher oncle.

Ecoutez cette tirade ; c'est le neveu qui parle :

Le chant est une imitation, par les sons, d'une
échelle inventée par l'art ou inspirée par la nature,

comme il vous plaira, ou par la voix, ou par l'instrument, des bruits physiques ou des accents de la passion; et vous voyez qu'en changeant là-dedans les choses à changer, la définition conviendrait exactement à
la peinture, à l'éloquence, à la sculpture et à la poésie.
Maintenant, pour en venir à votre question, quel est le
modèle du musicien ou du chant? C'est la déclamation, si le modèle est vivant et puissant; c'est le bruit,
si le modèle est inanimé. Il faut considérer la déclamation comme une ligne, et le chant comme une autre
ligne qui serpenterait sur la première. Plus cette déclamation, type du chant, sera forte et vraie, plus le chant
qui s'y conforme la coupera en un plus grand nombre
de points; plus le chant sera vrai, et plus il sera beau;
et c'est ce qu'ont très bien senti nos jeunes musiciens...
Je ne vous parle pas de la mesure, qui est encore une
des conditions du chant; je m'en tiens à l'expression;
et il n'y a rien de plus évident que le passage suivant
que j'ai lu quelque part: *Musices seminarium accen-
tus*, l'accent est la pépinière de la mélodie. Jugez de là
de quelle difficulté et de quelle importance il est de bien
savoir faire le récitatif. Il n'y a point de bel air dont
on ne puisse faire un beau récitatif, et point de beau
récitatif dont un habile homme ne puisse faire un bel
air. Je ne voudrais pas assurer que celui qui récite bien
chantera bien, mais je serais surpris que celui qui chante
bien ne sût pas réciter. Et croyez tout ce que je vous
dis là, car c'est le vrai.

Moi. — Je ne demanderais pas mieux que de vous
en croire, si je n'étais arrêté par un petit inconvénient.

Lui. — Et cet inconvénient?

Moi. — C'est que, si cette musique est sublime, il
faut que celle du divin Lulli, de Campra, de Destouches, de Mouret, et même, soit dit entre nous, celle du
cher maître, soit un peu plate.

Lui (s'approchant de mon oreille, me répondit:)

— Je ne voudrais pas être entendu, car il y a ici beaucoup de gens qui me connaissent; c'est qu'elle l'est
aussi. Ce n'est pas que je me soucie beaucoup du cher
maître, puisque *cher* il y a : c'est une pierre ; il me ver-
rait tirer la langue d'un pied qu'il ne me donnerait pas
un verre d'eau ; mais il a beau faire, à l'octave, à la
septième : *Hon, hon ; hin, hin ; tu, tu, tu ; turlututu,*
avec un charivari du diable ; ceux qui commencent à
s'y connaître et qui ne prennent plus du tintamarre
pour de la musique ne s'accommoderont jamais de cela.
On devrait défendre, par une ordonnance de police, à
toute personne, de quelque qualité ou condition qu'elle
fût, de faire chanter le *Stabat* de Pergolèse. Ce *Stabat*,
il fallait le faire brûler par la main du bourreau. Ma
foi, ces maudits Bouffons, avec leur *Servante maîtresse*, leur *Tracolo*, nous en ont donné rudement.....
Autrefois un *Tancrède*, une *Issé*, une *Europe galante,*
les Indes, Castor, les Talents lyriques, allaient à quatre, cinq, six mois ; on ne voyait pas la fin des représentations d'une *Armide*. A présent, tout cela vous
tombe les uns sur les autres comme des capucins de
cartes. Aussi Rebel et Francœur en jettent-ils feu et
flamme. Ils disent que tout est perdu, qu'ils sont rui-
nés, et que, si l'on tolère plus longtemps cette canaille
chantante de la foire, la musique nationale est au diable, et que l'Académie royale du cul-de-sac n'a qu'à
fermer boutique...

Et l'auteur continue de verve, daubant d'importance
l'opéra et la musique française, chantant les louanges
de la musique italienne. Ce qui précède suffit, du reste,
pour voir de quel côté se rangea Diderot dans cette
célèbre querelle ; mais, s'il prit parti pour les Bouffons,
ce fut, croyons-nous, bien moins par conviction que
par mode : nous essaierons de le montrer tout à l'heure.

Il serait difficile de définir mieux que ne le fait Diderot, l'expression dramatique que doit renfermer tout morceau pour être véritablement beau. Le rapprochement qu'il vient détablir entre le chant et la déclamation est tracé de main de maître : son explication, pour être géométrique, n'en est que plus claire. Mais ne semble-t-il pas, à lire ces principes, que l'auteur avait en vue les grandes scènes dramatiques des maîtres de la musique française, de Lulli, de Campra, de Rameau ? Si jamais morceaux de chant cadrèrent bien avec cette théorie, ce furent, sans contredit, l'air de Caron dans *Alceste*, celui de Pan dans *Isis*, l'air d'Iphigénie et celui de Thoas dans l'*Iphigénie en Tauride*, de Campra, ou celui de son *Hésione* : « Ah ! que mon cœur va payer chèrement... » l'air de Castor dans *Castor et Pollux*, ou celui de Thélaïre, le beau duo de Teucer et d'Anténor dans *Dardanus*, et vingt autres morceaux qui sont des modèles d'expression et de vérité dramatiques.

C'est, au contraire, dans les opéras comiques de Duni, de Philidor, et surtout dans les ouvrages des musiciens italiens, que Diderot prétend trouver l'application de ses principes. Il cite comme modèles à l'appui de sa théorie divers morceaux de Duni, sans remarquer que ce musicien, ayant su profiter également des qualités des deux écoles, avait singulièrement corrigé son style depuis son arrivée en France. Il ne reste rien aujourd'hui de tous ses ouvrages italiens, tandis qu'on cite encore comme des œuvres aimables *les Moissonneurs*, *les Sabots*, *les Deux chasseurs et la laitière*. Diderot offre les airs de *l'Ile des Fous* comme des modèles de déclamation. Or, Duni était en France depuis trois ans quand il fit représenter cet ouvrage, parodie de l'*Alcifanfano* de Goldoni, le 27 décembre 1760 ; on ne saurait donc refuser d'y voir l'influence de l'école française.

Diderot s'est trompé en ne faisant pas cette distinction : le talent de Duni a subi deux influences très distinctes et Diderot n'en a reconnu qu'une. Mais s'il avait voulu être absolument conséquent avec lui-même dans l'application de sa théorie, c'est à la musique française qu'il aurait donné la préférence et non plus à l'école italienne. Il ressort en effet clairement de la comparaison des ouvrages écrits par Duni en Italie avec ceux composés en France, qu'il doit précisément aux modèles de l'opéra français cette vérité, que Diderot regardait comme l'essence même de la musique. Mais Duni, dira-t'on, était lié d'amitié avec Diderot, et celui-ci voulait présenter les choses sous le jour le plus favorable à son ami. Cette excuse n'est pas une raison, et lorsqu'on veut se prononcer sur un art, il faut commencer par oublier ses amis ; car la postérité se soucie médiocrement de ces considérations particulières, et peu lui importe que deux hommes aient été d'excellents amis si l'un d'eux, en exaltant l'autre, se contredit lui-même et dément les meilleures théories par la médiocrité de l'exemple choisi.

En ce qui concerne Diderot, la contradiction est tellement éclatante que Gœthe, assez peu versé pourtant dans les choses musicales, ne put pas s'empêcher de la remarquer et de la blâmer dans la note si intéressante dont il accompagna sa traduction du *Neveu de*

Rameau. Après avoir exposé avec beaucoup de clarté et de vérité les deux systèmes italien et français, après avoir tracé un rapide tableau de l'état des arts en France au dix-huitième siècle, Gœthe ajoute très justement : « Ces réflexions générales ou superficielles sur la musique ont uniquement pour but de jeter quelque lumière sur *le Neveu de Rameau,* car il est assez malaisé d'apercevoir le point de vue sous lequel Diderot envisage la question.... Il prit dans la querelle musicale une position singulière. Les œuvres de Lulli et de Rameau appartiennent plutôt à l'école qui cherche l'expression qu'à l'école qui ne désire que plaire à l'oreille. Cette dernière école était représentée par les Bouffons, qui arrivaient d'Italie ; or, c'est cette école dont Diderot se déclare le partisan, lui qui insiste tant sur l'importance de l'expression, et il croit que ce sont les Bouffons qui rempliront le mieux ses vues. »

Sans prétendre exposer ici toutes les opinions sur la musique que Diderot a émises dans ses nombreux écrits, nous croyons bien faire en rapprochant de cette page du *Neveu de Rameau* un autre passage du philosophe qui en forme le complément utile. Dans son troisième entretien sur *le Fils naturel,* Diderot explique qu'à son avis, il y a en musique deux styles, l'un simple, l'autre figuré, et qu'il se trouve des morceaux de poètes dramatiques sur lesquels le musicien peut déployer, à son choix, toute l'énergie de l'un ou toute la richesse de l'autre. « Quand je le dis le *musicien,* j'entends l'homme qui a le génie de son art ; c'est un autre que celui qui ne sait qu'enfiler des modulations et combiner des notes. »

Il prend pour exemple la tirade de Clytemnestre :

> O mère infortunée !
> De festons odieux ma fille couronnée,
> Tend la gorge aux couteaux par son père apprêtés.
> Calchas va dans son sang... Barbares ! arrêtez !
> C'est le pur sang du dieu qui lance le tonnerre.
> J'entends gronder la foudre et sens trembler la terre.
> Un dieu vengeur, un Dieu fait retentir ces coups !

« On dit, ajoute Diderot, que Lulli même l'avoit remarqué, ce qui prouveroit peut-être qu'il n'a manqué à cet artiste que des poëmes d'un autre genre, et qu'il se sentoit un génie capable des plus grandes choses. »

Si le musicien compose ce morceau dans le style simple, il se remplira de la douleur, du désespoir de Clytemnestre ; il ne commencera à travailler que quand il se sentira pressé par les images terribles qui obsédaient Clytemnestre. Les premiers vers formeront un récitatif haletant, entrecoupé d'une ritournelle plaintive. L'air commencera à *Barbares, arrêtez !* air éperdu, plein de désespoir et de désordre.

Mais le musicien prend-il le style figuré, autre déclamation, autres idées, autre mélodie. Il fera exécuter par la voix ce que l'autre a réservé pour l'instrument ; il fera gronder la foudre, il la lancera, il la fera tomber en éclats ; il me montrera Clytemnestre effrayant les meurtriers de sa fille par l'image du dieu dont ils vont répandre le sang... Le premier s'était entièrement occupé des accents de Clytemnestre ; celui-ci s'occupe un peu de son expression. Ce n'est plus la mère d'Iphigénie que j'entends, c'est la foudre qui gronde, c'est la terre qui tremble, c'est l'air qui retentit de bruits effrayants.

Un troisième tentera la réunion des avantages des deux styles ; il saisira le cri de la nature, lorsqu'il se produit violent et inarticulé, et il en fera la base de sa mélodie. C'est sur les cordes de cette mélodie qu'il fera gronder la foudre et qu'il lancera le tonnerre. Il entreprendra peut-être de montrer le dieu vengeur ; mais il fera sortir à travers les différents traits de cette peinture, les cris d'une mère éplorée.

Mais, quelque prodigieux génie que puisse avoir cet artiste, il n'atteindra point un de ces buts, sans s'écarter de l'autre. Tout ce qu'il accordera à des tableaux sera perdu pour le pathétique. Le tout produira plus d'effet sur les oreilles, moins sur l'âme. Ce compositeur sera plus admiré des artistes, moins des gens de goût.

Les gens de goût auraient tort, car c'est précisément dans cette alliance intime de la déclamation lyrique, fidèlement copiée sur la nature, et des superbes combinaisons des différentes familles d'instruments ; des accents de la voix humaine unis aux accents de l'orchestre, se soutenant les uns les autres pour doubler leur puissance, et prenant tour à tour le rôle principal, selon les exigences de la situation ou des sentiments en jeu, que réside l'idéal le plus élevé du drame lyrique. Et le musicien qui approchera le plus de cette magnifique conception, sera celui qui, saisissant le cri de la nature comme modèle de sa mélodie, aura appelé à son aide, pour parfaire son tableau, les ressources infinies de la symphonie.

Diderot, dominé par le goût régnant de la musique italienne, n'a saisi qu'un des termes de la proposition : il n'a aucunement distingué quel admirable rôle l'orchestre devait jouer dans le drame musical, et ne s'est préoccupé que de la vérité de la déclamation. Il montre à cet égard de justes exigences qui découlent tout droit des idées émises dans cet entretien sur *le Fils naturel*, et les formule dans une page du *Neveu de Rameau*, qui serait de tout point remarquable s'il n'allait pas jusqu'à déclarer qu'avant la venue des Italiens, les poëmes d'opéras français n'étaient que tentatives informes et ridicules ; jusqu'à présenter ce bon Duni comme le Messie qui révéla à la France aveuglée la vraie déclamation musicale :

Il faut que les passions soient fortes ; la tendresse du musicien et du poëte lyrique doit être extrême ; l'air est presque toujours la péroraison de la scène. Il nous faut des exclamations, des interjections, des suspensions, des interruptions, des affirmations, des négations ; nous appelons, nous invoquons, nous crions, nous gémissons, nous pleurons, nous rions franchement. Point d'esprit, point d'épigrammes, point de ces jolies pensées ; cela est trop loin de là simple nature. Et n'allez pas croire que le jeu des acteurs de théâtre et leur déclamation puissent nous servir de modèles. Fi donc ! il nous le faut plus énergique, moins maniéré, plus vrai ; les discours simples, les voix communes de la passion nous sont d'autant plus nécessaires que la langue sera plus monotone, n'aura point d'accents : le cri animal ou de l'homme passionné leur en donne...... Mais, à votre avis, seigneur philosophe, n'est-ce pas une bizarrerie bien étrange qu'un étranger, un Italien, un Duni, vienne nous apprendre à donner l'accent à notre musique, et assujettir notre chant à tous les mouvements, à toutes les mesures, à tous les intervalles, à toutes les déclamations, sans blesser la prosodie ? Ce n'était pas pourtant la mer à boire..... Quel chemin nous avons fait depuis le temps où nous citions la parenthèse d'Armide : *Le vainqueur de Renaud, si quelqu'un le peut être ;* l'*Obéissons sans balancer*, des *Indes galantes*, comme des prodiges de déclamation musicale ! A présent ces prodiges-là me font hausser les épaules. Du train dont l'art s'avance, je ne sais où il aboutira.

Malgré tant d'exagérations, cette page offre un excellent traité de poésie lyrique ; mais ici, comme dans tout l'ouvrage, Diderot, dominé par un enthousiasme inouï pour Duni, lui accorde un tribut d'éloges hors de proportion avec son modeste mérite, et lui attribue de nouveau un honneur qui revient bien plutôt à Lulli et à Rameau. *Le Neveu de Rameau* n'en est pas moins un des chefs-d'œuvre littéraires du XVIIIe siècle, et c'est au point de vue musical un des ouvrages les plus curieux à consulter. Quiconque s'occupe de musique doit le lire en entier avec réflexion, mais cet examen général aura au moins l'utilité de mettre le lecteur en garde contre les graves erreurs de Diderot : sa partialité envers Rameau, son admiration excessive pour Duni, et enfin sa préférence pour l'école italienne, qui se trouve en contradiction formelle avec ses principes sur le chant et la déclamation *.

---

* Voir, en appendice, l'article : *Diderot musicien*, publié longtemps après notre travail principal, qu'il continue et complète.

VI

VOLTAIRE — D'ALEMBERT

Je vais chercher la paix au temple des chansons.
J'entends crier : « Lulli, Campra, Rameau, Bouffons......
Êtes-vous pour la France ou bien pour l'Italie ? »
— « Je suis pour mon plaisir, messieurs. Quelle folie
Vous tient ici debout sans vouloir écouter ?
Ne suis-je à l'Opéra que pour y disputer ? »

Ces vers de sa satire des *Cabales* * résument au
mieux l'opinion de Voltaire sur la musique et l'opéra.
L'art musical ne le touchait guère et l'opéra était pour
lui un spectacle des yeux, une exhibition de merveil-
les, où la musique ne jouait qu'un rôle accessoire. Du

---

* « La manie des cabales a passé à l'Opéra, et a été encore plus
tumultueuse ; ajoute en note de ces vers un certain de Morza, qui
n'est autre que Voltaire lui-même. Mais les cabales au Théâtre-
Français ont un avantage que les cabales de l'Opéra n'ont pas ; c'est
celui de la satire raisonnée. On ne peut à l'Opéra critiquer que des
sons. Quand on a dit « cette chaconne, cette loure me déplait », on a

reste, nulle préférence chez lui pour la musique italienne ou pour la musique française ; mais cette modération, qui pourrait être preuve de goût et d'un esprit éclairé, n'était de sa part qu'indifférence. Il allait de l'une à l'autre école, louant, blâmant à tour de rôle, reprochant à celle-ci les défauts de sa prosodie, à celle-là d'avoir nui au développement de la tragédie en Italie, au fond, les dédaignant toutes deux pareillement et leur refusant tout intérêt, toute valeur sérieuse ; bref, n'accordant aucune attention à cette discussion passionnée et donnant par cette phrase du *Temple du Goût*, si habilement balancée dans sa chute, une juste idée de son indécision et de son indifférence. « C'était un concert que donnait un homme de robe, fou de musique, qu'il n'avait jamais apprise, et encore plus fou de musique italienne, qu'il ne connaissait que par de mauvais airs inconnus à Rome, et estropiés en France par quelques filles de l'Opéra. Il faisait exécuter alors un long récitatif français, mis en musique par un Italien qui ne savait pas notre langue. En vain on lui remontra que cette espèce de musique, qui n'est qu'une déclamation notée, est nécessairement asservie au génie de la langue, et qu'il n'y a rien de si ridicule que des scènes françaises chantées à l'italienne, si ce n'est de l'italien chanté dans le goût français. »

Aussi bien Voltaire n'aborde que rarement un sujet

tout dit. Mais à la Comédie on examine des idées, des raisonnements, des passions, la conduite, l'exposition, le nœud, le dénoûment, le langage. On peut vous prouver méthodiquement, et de conséquence en conséquence, que vous êtes un sot qui avez voulu avoir de l'esprit, et qui avez assemblé quinze cents personnes pour leur prouver que vous en savez plus qu'eux.... »

qui l'intéresse médiocrement; et, si l'on rencontre
dans ses écrits quelque anecdote, quelque critique,
voire même quelques détails ayant trait à la musique,
en revanche on trouvera peu d'articles où la question
soit traitée avec le moindre sérieux. Peu de tableaux
sont aussi fins que celui que nous trace des concerts et
des opéras d'Italie le seigneur vénitien Pococurante,
dans *Candide*. « Ce bruit peut amuser une demi-heure,
mais s'il dure plus longtemps, il fatigue tout le monde,
quoique personne n'ose l'avouer. La musique aujour-
d'hui n'est plus que l'art d'exécuter des choses difficiles, et ce qui n'est que difficile ne plaît point à la longue. J'aimerais peut-être mieux l'opéra, si on n'avait
pas trouvé le secret d'en faire un monstre qui me
révolte. Ira voir qui voudra de mauvaises tragédies en
musique, où les scènes ne sont faites que pour amener
très-mal à propos deux ou trois chansons ridicules qui
font valoir le gosier d'une actrice ; se pâmera de plaisir qui voudra ou qui pourra, en voyant un châtré fredonner le rôle de César et de Caton, et se promener
d'un air gauche sur des planches : pour moi, il y a
longtemps que j'ai renoncé à ces pauvretés qui font aujourd'hui la gloire de l'Italie, et que des souverains
paient si chèrement. » Où trouver plus d'esprit et de
verve ? Mais c'est jeu de hasard pour lui que de persi-
fler en pareille matière : combien souvent sa raillerie
portera à faux pour une fois qu'elle frappe juste !

Voltaire n'a guère écrit qu'un article raisonné sur la
musique au mot : *Art dramatique*, dans son *Diction-*
naire philosophique; mais on comprend aisément que,
voulant parler de l'opéra, il s'occupe surtout du

22

poëme, de la prosodie, du spectacle et fort peu de la musique : cette sage réserve lui était à la fois conseillée par ses goûts et par la prudence.

Le chapitre que Voltaire consacre au genre opéra n'est au fond qu'un long éloge de Quinault, qui certes le méritait grandement, sous cette réserve qu'on ne lui sacrifiera pas Lulli avec autant de sans-façon, fût-ce pour réagir contre les attaques de Boileau *. Quinault seul a tout fait, tout réformé, tout créé sur notre scène lyrique. Cette préférence s'explique facilement sous la plume de Voltaire. Il appréciait mieux que personne le mérite du poëte et devait naturellement le louer aux dépens du musicien dont les créations le laissaient froid. Aussi est-ce bien par pure bonté d'âme qu'il ajoute plus bas : « Enfin, le quatrième acte de *Roland* et toute la tragédie d'*Armide* furent des chefs-d'œuvre de la part du poëte, et le récitatif du musicien sembla en approcher. »

Voilà donc Quinault élevé bien au-dessus du Florentin par un jugement mûrement pesé de Voltaire ; mais les préférences du philosophe n'étaient rien moins qu'immuables. Laissons s'écouler quelques années. En 1778, Piccinni fait représenter son *Roland*, dont le poëme n'était autre que celui de Quinault revu par Marmontel. Mᵐᵉ Du Deffand offrit alors à Voltaire de le conduire à l'Opéra pour entendre le nouvel ouvrage. Mais le poëte était malade : ce lui fut un prétexte tout trouvé pour refuser l'invitation de son amie.

* Voltaire a proclamé encore à d'autres reprises cette supériorité de Quinault sur Lulli. Voir notamment sa lettre à D'Olivet (5 janvier 1767) et, en tête du *Siècle de Louis XIV*, le chapitre des musiciens, parmi les *Artistes célèbres*.

De ce *Roland* que l'on nous vante
Je ne puis, avec vous, aller, ô Du Deffand !
Savourer la musique et douce et ravissante.
Si Tronchin le permet, Quinault me le défend.

Sa maladie faisait-elle donc oublier à Voltaire jusqu'à son admiration première ? Ou bien les louanges qu'il accordait à Quinault étaient-elles si peu sincères qu'il dût les renier pour le seul plaisir de lancer un trait d'esprit ?

L'opinion du philosophe sur Lulli était double, favorable ou non, selon qu'il avait en vue le récitatif ou les airs. Pour lui, pas d'hésitation possible : il est tout admiration ou tout blâme. « .... Il fallait ces deux hommes (Quinault et Lulli) pour faire de quelques scènes d'*Atis*, d'*Armide* et de *Roland*, un spectacle tel que ni l'antiquité ni aucun peuple contemporain n'en connut. Les airs détachés, les ariettes ne répondirent pas à la perfection de ces grandes scènes. Ces airs, ces petites chansons étaient dans le goût de nos *noëls*; ils ressemblaient aux *barcaroles* de Venise : c'était tout ce qu'on voulait alors. Plus cette musique était faible, plus on la retenait aisément, mais le récitatif est si beau, que Rameau n'a jamais pu l'égaler. Il me faut des chanteurs, disait-il, et à Lulli des acteurs. Rameau a enchanté les oreilles, Lulli enchantait l'âme ; c'est un des grands avantages du siècle de Louis XIV, que Lulli ait rencontré un Quinault. » Et d'autre part : « Les ariettes de Lulli furent très-faibles, c'était des *barcaroles* de Venise. Il fallait, pour ces petits airs, des chansonnettes d'amour aussi molles que les notes. Lulli composait d'abord les airs de tous ces divertissements; le

poëte y assujettisait les paroles. Lulli forçait Quinault
d'être insipide... »

L'avenir devait casser l'arrêt de Voltaire. Aujour-
d'hui encore les beaux airs de Lulli sont plus admirés
des amateurs que son récitatif qui, le plus souvent, est
lourd et monotone. L'invocation : « Bois épais, redou-
ble ton ombre ! » d'*Amadis*, la scène de Caron et l'air
d'Alceste : « Le héros que j'attends ne reviendra-t-il
pas ? », le charmant duo de *Thésée* : « Que nos prai-
ries », le magnifique duo d'*Armide* : « Esprits de haine
et de rage », autant de pages admirables que Voltaire
traite de petites chansons, de noëls, de barcaroles. Du
reste, il a pris soin lui-même d'expliquer cette singulière préférence, et la raison qu'il en donne est excellente... à son point de vue. C'est que ce récitatif lui re-
présente assez fidèlement ce que pouvait être la mélopée
antique : il va bientôt s'efforcer d'établir cette lointaine
ressemblance.

Voltaire, d'ailleurs, ne s'épargne aucune peine pour
faire prévaloir son opinion, et c'est un spectable assez
curieux que de le voir, lui qui vient de traiter Lulli de
si sévère façon, prendre chaudement sa défense. Il est
vrai qu'il s'agit du récitatif et qu'il n'entend pas raillerie sur ce point.

Cahusac avait rédigé l'article *Expression* pour l'*En-
cyclopédie*, et il y prétendait qu'on pouvait placer —
sans contre-sens — des paroles absolument contraires
au texte original sur tel récitatif de Lulli que ce
fût, même le plus vanté. Il prouvait cette allégation
par un exemple original. Prenant les vers que Quinault met dans la bouche de Méduse (*Persée*, III, sc.

1ʳᵉ), il les modifiait d'une façon agréable, et affirmait que la musique de Lulli rendait avec une égale vérité les vers de Quinault ou ceux qu'il y subtituait, soit d'un côté l'épouvante et la mort, de l'autre la grâce et l'allégresse.

Je porte l'épouvante et la mort	Je porte l'allégresse et la vie en
[en tous lieux,	[tous lieux,
Tout se change en rocher à mon	Tout s'anime et s'enflamme à
[aspect horrible ;	[mon aspect aimable ;
Les traits que Jupiter lance du	Les feux que le soleil lance du
[haut des cieux,	[haut des cieux,
N'ont rien de si terrible	N'ont rien de comparable
Qu'un regard de mes yeux.	Aux regards de mes yeux.

Là-dessus, Voltaire de s'emporter après avoir « consulté des oreilles très-exercées » (ce qui prouve une médiocre confiance en ses propres lumières) et de dire qu'il est sûr du contraire. Ici encore son sens musical a mal servi le philosophe. Quoi qu'il en dise, lui et quelques amateurs très exercés, pour cette fois Cahusac avait raison. Le fait est qu'avec un léger changement dans l'expression, l'expérience est assez concluante, du moins pour le morceau dont il s'agit. Elle ne le serait pas pour d'autres, tels que l'air de *Roland : « Je suis trahi ! »* ou le trio des Parques d'*Isis*, ou encore le duo d'Hidraot et d'Armide.

L'expérience de Cahusac est vraiment originale, et nous ne conseillerions pas d'appliquer un pareil procédé à toute la musique applaudie de nos jours. Que de chutes, de désillusions au bout de cette redoutable épreuve ! Que de réputations s'évanouiraient ! Nous ne prétendons pas dire par là qu'une même page de musique ne puisse peindre des idées ou des situations différentes. La musique est d'essence trop vague pour qu'on lui assigne des limites aussi précises : nombre d'idées, nettement distinctes dans le langage ordinaire et qui s'exprimeraient de dix manières différentes, seront également bien traduites par une seule et même phrase musicale. Il est donc clair que le procédé de Cahusac ne donnera un résultat sérieux qu'autant que les paroles appliquées à la musique et se confondant avec elle d'une façon parfaite, seront l'expression de deux idées entièrement opposées, de deux sentiments extrêmes. Et nous croyons que l'épreuve serait très curieuse à tenter, même dans de telles conditions, et qu'elle amènerait bien des catastrophes.

Voltaire a parfois effleuré les questions musicales dans les belles préfaces de ses tragédies, notamment dans celle de *Sémiramis*, qui contient une longue dissertation sur la tragédie ancienne et moderne. Le poëte y déclare que, s'il est un spectacle propre à donner une idée de la scène antique, c'est dans nos opéras et surtout dans les opéras italiens que cette image subsiste. Il signale deux rapports entre le drame musical et le drame antique : le récitatif d'abord, qu'il croit être précisément la mélopée des anciens, puis le chœur qui, « tout vieux qu'on l'a rendu, tout fade panégyriste qu'on l'a fait de la morale amoureuse, ressemble pourtant à celui des Grecs, en ce qu'il occupe souvent la scène. » Mais il reconnaît en revanche que les petits airs fredonnants à l'italienne et les comparaisons galantes qui forment le fond de la poésie lyrique nuisent singulièrement au caractère antique de la tragédie et qu'ils seraient fort déplacés dans la bouche d'Œdipe, d'Oreste, de Jocaste et d'Electre. « Il faut donc

avouer, dit-il, que l'opéra, en séduisant les Italiens par
les agréments de la musique, a détruit d'un côté la
véritable tragédie grecque, qu'il faisait renaître de l'autre. »

Au dire de Voltaire, l'opéra français s'écarte encore
davantage de la tragédie antique pour deux motifs :
notre mélopée d'abord qui lui paraît se rapprocher
moins que celle des Italiens de la déclamation naturelle, et nos petits airs qui seraient encore moins liés
au sujet, s'il est possible, que les *concetti* d'Italie. Mais
ces défauts, si graves qu'ils soient, ne l'empêchent pas
de penser que nos bonnes tragédies-opéras, telles
qu'*Atis, Armide, Thésée*, peuvent donner quelque idée
du théâtre d'Athènes.

Cette lointaine ressemblance une fois admise, il sem-
blerait qu'elle dût influer tant soit peu sur le jugement
de Voltaire, et lui inspirer de l'indulgence pour un
genre dont le seul mérite à ses yeux était ce rapport
douteux avec les tragédies de Sophocle ou d'Euridipe.
Bien au contraire, le grand poëte ne paraît avoir pris
tant de soin d'établir cette vague analogie que pour se
montrer plus sévère envers l'opéra et porter sur le
drame musical un jugement des plus durs sous une
forme presque laudative.

Déjà dans sa préface d'*Œdipe*, Voltaire avait tracé
un tableau de l'opéra sous des couleurs peu flatteuses.
« L'opéra est un spectacle aussi bizarre que magnifique, où les yeux et les oreilles sont plus satisfaits que
l'esprit, où l'asservissement à la musique rend nécessaires les fautes les plus ridicules, où il faut chanter
des ariettes dans la destruction d'une ville et danser

autour d'un tombeau ; où l'on voit le palais de Pluton
et celui du Soleil ; des dieux, des démons, des magi-
ciens, des prestiges, des monstres, des palais formés et
détruits en un clin d'œil. On tolère ces extravagances,
on les aime même, parce qu'on est là dans le pays des
fées ; et pourvu qu'il y ait du spectacle, de belles danses, une belle musique, quelques scènes intéressantes,
on est content. Il serait aussi ridicule d'exiger dans
Alceste l'unité d'action, de lieu et de temps, que de
vouloir introduire des danses et des démons dans
Cinna ou dans *Rodogune.* » Il y revient encore dans la
préface de *Sémiramis :* « Il m'a donc paru en général,
en consultant les gens de lettres qui connaissent l'antiquité, que ces tragédies-opéras sont la copie et la ruine
de la tragédie d'Athènes. Elles en sont la copie, en ce
qu'elles admettent la mélopée, les chœurs, les machines, les divinités ; elles en sont la destruction, parce
qu'elles ont accoutumé les jeunes gens à se connaître
en sons plus qu'en esprit, à préférer leurs oreilles à
leur âme, les roulades à des pensées sublimes, à faire
valoir quelquefois les ouvrages les plus insipides et les
plus mal écrits, quand ils sont soutenus par quelques
airs qui nous plaisent. »

C'est en 1748 que Voltaire écrivit cette condamnation en règle de l'opéra ; Rameau avait donc produit
ses principaux ouvrages : *Castor et Pollux, Hippolyte
et Aricie, Dardanus.* Comment dès lors Voltaire frappe-
t-il d'un arrêt si sévère, en même temps que ses faibles rivaux, le grand musicien dont il avait fait maintes
fois l'éloge, dont il avait dit dans le *Siècle de Louis XIV :*
« Après Lulli, tous les musiciens, comme Colasse,

Campra, Destouches et les autres, ont été ses imitateurs, jusqu'à ce qu'enfin Rameau est venu, qui s'est élevé au-dessus d'eux par la profondeur de son harmonie, et qui a fait de la musique un art nouveau ; » — et qu'il avait si finement loué dans son portrait du *Mondain* :

Il va siffler quelque opéra nouveau,
Ou, malgré lui, court admirer Rameau.

Nous venons de relever bien des contradictions sous la plume de Voltaire ; en voici une encore, et qui n'est pas la moins surprenante. Nous avons vu combien le philosophe rabaissait le genre de l'opéra, combien il le mettait dans son esprit au-dessous de la moindre tragédie, nous l'allons voir maintenant défendre contre les attaques de Saint-Évremont le spectacle qu'il tenait en si mince estime. « Saint-Évremont, s'écrie-t-il, s'est épuisé en froides railleries sur ce genre de spectacle. Il veut trouver du ridicule à mettre en chant des passions et des dialogues. Il ne savait pas que les tragédies grecques et romaines étaient chantées ; que les scènes avaient une mélodie semblable à notre récitatif, laquelle était composée par un musicien ; et que les chœurs étaient exécutés comme les nôtres. Qui ne sait que la musique exprime les passions ? Saint-Évremont, en louant *Sophonisbe* et en blâmant l'opéra, a prouvé qu'il avait peu de goût et l'oreille dure. * »

---

* Voltaire, *Mélanges littéraires*, art. *Opéra*. C'est en 1676 que Saint-Évremont avait composé à Londres, où il était réfugié, sa comédie : *les Opéras*, qui ne fut jamais représentée.

23

Qu'elles aient pour objet Quinault, Rameau, Lulli, ou le genre de l'opéra, ces contradictions si fréquentes montrent combien peu d'intérêt Voltaire portait aux choses de la musique. Il en parle parfois, il discute même, mais d'une façon superficielle et qui ne prouve que son indifférence. Du reste, il a bien voulu reconnaître lui-même son incompétence en fait de musique. En 1750, lorsqu'il était à Berlin, il entendit un *Phaéton* d'un nommé Villati, poëte italien aux gages du roi de Prusse, et il écrivit alors à Mᵐᵉ Denis : « Je n'ai jamais rien vu d'aussi plat dans une si belle salle. Cela ressemble à un temple de la Grèce, et on y joue des ouvrages tartares. Pour la musique, on dit qu'elle est bonne. Je ne m'y connais guère ; je n'ai jamais trop senti l'extrême mérite des doubles croches. » L'aveu est bon à noter.

Ces divers passages de Voltaire et sa propre confession ont pu nous faire comprendre le sens réel de certains vers du *Mondain*, qu'on cite bien souvent sans en saisir la portée véritable. Qu'on les lise, comme on fait d'habitude, isolés et sans commentaire, on y trouvera l'expression d'une vive admiration. Rien de plus opposé à la pensée du poëte. Les rapprochons-nous, au contraire, des jugements sur l'opéra exprimés dans les préfaces de *Brutus* et de *Sémiramis* ; mettons-nous en regard cette phrase d'une lettre à M. de Cideville (1752): « L'Opéra est un rendez-vous public où l'on s'assemble à de certains jours, sans savoir pourquoi ; c'est une maison où tout le monde va, quoiqu'on dise du mal du maître, et qu'il soit ennuyeux. Il faut, au contraire, bien des efforts pour attirer le monde à la Comédie ; et je

vois presque toujours que le plus grand succès d'une
bonne tragédie n'approche pas de celui d'un opéra médiocre ; » — alors, les vers du *Mondain* paraîtront ce
qu'ils sont en réalité, l'expression d'une approbation
complaisante pour un spectacle envers lequel on ne
saurait montrer de bien grandes exigences. Ce ne sera
plus de l'admiration, mais une satisfaction indulgente,
voisine du dédain.

> Il faut se rendre à ce palais magique
> Où les beaux vers, la danse, la musique.
> L'art de tromper les yeux par les couleurs,
> L'art plus heureux de séduire les cœurs,
> De cent plaisirs font un plaisir unique.

*
* *

L'auteur du *Discours préliminaire* de l'Encyclo-
pédie avait sur la plupart de ses contemporains un
grand avantage au point de vue musical : il avait étudié et pénétré la science harmonique, et son esprit si
vivement épris des sciences mathématiques avait trouvé
dans cette étude aride un attrait sérieux. Il avait donc
pris plaisir à approfondir les mystères de l'harmonie,
et avait bientôt donné un gage de la solidité de son
savoir en présentant, dans un livre demeuré célèbre, *

* *Eléments de musique théorique et pratique selon les principes de
M. Rameau, 1752.*

un exposé très lucide de la doctrine de Rameau, doctrine qui ne laissait pas d'être assez obscure dans la bouche du musicien. Celui-ci rendit aussitôt hommage au savoir et à l'aide empressée du mathématicien, par une lettre adressée au *Mercure*. « M. d'Alembert, dit-il, a cherché dans mes ouvrages des vérités à simplifier, à rendre plus familières, plus lumineuses et par conséquent plus utiles au grand nombre. Enfin, il m'a donné la consolation de voir ajouter à mes principes une simplicité dont je les sentais susceptibles, mais que je ne leur aurais donnée qu'avec beaucoup de peine et peut-être moins heureusement que lui. »

Doué d'un goût sévère, possédant un jugement droit, d'une rectitude quasi-mathématique ; d'un caractère assez bien trempé pour ne subir aucune influence, étranger à toute coterie, charmé par la musique italienne, mais pas au point de honnir la musique française, et préparé par ses connaissances techniques à goûter « de grands effets d'harmonie », d'Alembert était bien l'homme qui pouvait le mieux, la lutte une fois terminée, relever les torts comme les avantages de chaque parti, et se prononcer, lui dernier, avec une impartialité inattaquable.

C'est aussi ce qu'il prétendit faire en écrivant, en 1760, sa *Liberté de la Musique*. « Aujourd'hui, dit-il, que l'animosité est éteinte, les brochures oubliées et les esprits adoucis, tandisque l'attention partagée des Parisiens oisifs est tournée vers des objets plus importants, et s'exerce, sans fruit comme sans intérêt, sur les affaires de l'Europe, serait-il permis de faire un examen pacifique de notre querelle musicale ? »

Certes d'Alembert avait été, comme tant d'autres, vivement séduit par le charme de cette musique d'outre-monts « tantôt douce et insinuante, tantôt folâtre et gaie, tantôt simple et naïve, tantôt enfin sublime et pathétique » ; mais il en percevait distinctement les graves défauts : « ces répétitions éternelles des mêmes paroles, ces roulements prodigués à contre-sens et prolongés jusqu'à la fatigue, enfin ces points d'orgue ridicules. » Il protestait bien, au nom de la liberté de la musique, contre le renvoi des Bouffons, « qui avait fait revenir la paix à l'Opéra avec l'ennui », et écrivait à ce propos cette phrase admirable : « Être esclave dans nos divertissements, ce serait, pour employer l'expression d'un écrivain philosophe, dégénérer non seulement de la liberté, mais de la servitude même ; » il rejetait sur une coterie de la cour l'arbitraire de cette décision en s'écriant : « Ceux qui président à nos plaisirs, et qui n'en ont guère, ont été aussi inexorables à nos plaintes, *que les vieilles femmes le sont pour interdire l'amour aux jeunes* » ; mais il rendait au moins hommage à la puissance créatrice de Lulli et au génie de Rameau. « Excusons, dit-il, les fautes de Lully, mais avouons-les. Cet artiste a donné à la musique tout l'essor dont elle était capable en commençant à naître... Rameau eût manqué son but en allant plus loin ; il nous a donné, non la meilleure musique dont il fût capable, mais la meilleure que nous pussions recevoir. »

Rousseau proclamait que « nous n'avions pas de musique et que si jamais nous en avions, ce serait tant pis pour nous » ; d'Alembert déclare, au contraire, que nous pouvons en avoir une, et il s'inquiète surtout de

fixer sur quels points la musique italienne doit nous
servir de modèle. La musique étrangère n'est donc à
ses yeux qu'un auxiliaire dont il faut savoir se servir
pour arriver à la perfection, et il n'est pas malaisé de
voir qu'au fond de sa pensée il juge la musique française plus près d'y parvenir que sa rivale.

S'agit-il du poëme, il repousse vivement l'idée « de
régler notre goût, quant aux spectacles en musique,
sur l'opinion et l'exemple des étrangers, eux qui, dans
tout le reste, sont accoutumés à prendre le goût français pour modèle du leur. » On pourrait bien objecter
que l'Europe, en proscrivant notre opéra, a universel-
lement adopté notre théâtre français ; mais d'Alembert
n'a pas de peine à établir que l'opéra italien, bien qu'il
soit admis dans tous les pays d'Europe, est trop imparfait pour nous servir de modèle. « La forme de cet
opéra, il faut en convenir, le rend uniforme et ennuyeux ; celle du nôtre est, sans comparaison, plus
variée et plus agréable. On prétend, je le sais, que les
opéras italiens ont un avantage, en ce qu'ils peuvent
être *déclamés* comme *chantés*, ce qui n'aurait pas lieu
dans les nôtres... Mais ce prétendu avantage des tragédies italiennes, d'être également propres au chant ou à
la déclamation, rend à mes yeux leur mérite bien suspect. C'est n'avoir point de caractère que d'en pouvoir
si facilement changer... Qu'on joue à la suite l'une de
l'autre une tragédie de Racine et une de Métastase, et
qu'on exécute, de même successivement, un opéra de
Métastase et un opéra de Quinault *mis en bonne musique* : et malgré toute l'estime que mérite le poëte italien, je ne doute pas que l'avantage du parallèle ne

demeure aux deux poëtes français. » Il suffira donc de
chercher, de corriger les défauts de nos poëmes ; mais
il serait ridicule, pour quelques points faibles, d'abandonner tous les progrès déjà réalisés et de nous appro-
prier un poëme de forme inférieure au nôtre.

S'agit-il de la musique, d'Alembert, rompant de plus
en plus avec son opinion première (que la musique
italienne était supérieure à la nôtre), déclare sans
ambages que « si nous étions réduits à l'alternative de
conserver notre opéra tel quel, ou d'y substituer
l'opéra italien, peut-être ferions-nous bien de prendre
le premier parti... » ; mais il ne lui paraît pas impossible, en gardant notre opéra, d'y faire, sous le rapport
musical, des changements qui le rendraient bientôt
supérieur à l'opéra italien.

Dans quel sens, dès lors, corriger notre musique ?
Pour les symphonies, le philosophe reconnaît que
nous avons fait de grands progrès depuis Lulli, « que
plusieurs de celles de Rameau ne nous laissent rien à
désirer et, sur cette partie, les Italiens même sont
moins riches que nous. » Pour le récitatif, d'Alembert
voudrait, comme Grimm et Rousseau, qu'il fût absolument distinct de l'air. Et pourtant, puisqu'il recon-
naissait la puissance dramatique du récitatif « obligé,
coupé, interrompu et soutenu par l'orchestre », qui
produit un effet tellement saisissant que « beaucoup de
personnes lui donnent la préférence sur les airs » ; il
aurait dû remarquer qu'en établissant une différence
aussi profonde entre l'air et le récitatif, l'un ou l'autre,
nécessairement, ne répondrait pas aux exigences de la
situation. Une distinction aussi tranchée que la vou-

laient les philosophes serait en désaccord absolu avec la vérité dramatique.

Nos airs non plus n'étaient pas, à entendre d'Alembert, inférieurs aux airs italiens. Il pouvait, à la rigueur, critiquer que le chant tombât souvent sur des paroles qui ne valaient pas la peine d'être chantées, mais il était bien forcé d'avouer que les airs d'Italie étaient surchargés « de faux ornements qui, loin de contribuer à l'expression, y nuisent au contraire beaucoup. » Il reproche encore au chant français d'avoir « un défaut contraire à l'expression et de se ressembler trop à lui-même », mais il ajoute aussitôt : « Au reste, c'est moins encore nos musiciens qu'il faut accuser de cette indigence que leurs auditeurs. Chez la plupart des Français, la musique qu'ils appellent *chantante* n'est autre chose que la musique *commune* dont ils ont eu cent fois les oreilles rebattues ; pour eux, un mauvais air est celui qu'ils ne peuvent *fredonner*, et un mauvais opéra, *celui dont ils ne peuvent rien retenir.* » Quelle leçon dans ces lignes, quelle critique prise sur le vif et aussi vraie aujourd'hui qu'hier !

Tout ce parallèle, établi avec une justesse extrême et déduit avec une rigueur géométrique, conduit d'Alembert bien loin de son point de départ, et l'amène à conclure que « la musique italienne est défectueuse *par ce qu'elle a de trop,* la musique française *par ce qui n'y est pas.* » Le philosophe n'en dit pas davantage, mais la discussion précédente montre bien qu'il prévoyait que l'avantage resterait à la musique française. Et l'histoire lui a donné raison. La musique italienne n'a en effet rien rejeté de « ces faux ornements, de ces répétitions éternelles, de ces roulements, de ces points d'orgue ridicules, » tandis que la musique française a acquis ou développé ces qualités essentielles de variété, de couleur, d'expression, de vérité dramatique.

La justesse de ses idées, la vigueur de ses déductions et la modération de ses critiques doivent faire attribuer le premier rang dans cette galerie à l'auteur des *Éloges*. Sans s'occuper ici du rôle effacé qu'il joua plus tard dans la guerre des Gluckistes, on peut assurer que, de tous les grands écrivains que nous avons passés en revue, ce fut lui qui comprit le mieux la grandeur de son rôle de critique. Lui seul eut une idée exacte de cette musique qui, selon le dire de Rousseau, « n'étant d'aucun pays, est celle de tous » ; il sut aussi, mieux encore que Mably et Laugier, affirmer à la fois son goût pour la musique italienne et son admiration pour les belles œuvres de Lulli et de Rameau. La preuve en est dans ce court passage, une simple phrase qui montre à quelle hauteur s'élevait l'esprit du philosophe, et qui devrait être un enseignement salutaire pour quiconque parle ou écrit sur la musique.

« Ce n'est pas seulement par leurs ouvrages qu'il faut mesurer les hommes, *c'est en les comparant à leur siècle et à leur nation;* et si les partisans zélés que Rameau s'était faits parmi nous, sont devenus plus froids sur sa musique, depuis que l'italienne a frappé leurs oreilles, ils n'en sentent pas moins tout le prix de ses heureux efforts, et toute la justice des applaudissements dont ils ont été couronnés. »

C'était un grand esprit que celui qui jugeait aussi sainement l'art musical de son époque, qui établissait

24

ce juste rapprochement entre « la musique chantante » et « la musique commune », et qui résumait ainsi, en une phrase, tant de dissertations futures, tant de discussions qu'ont entreprises depuis, et toujours sans succès, les gens épris de la belle et grande musique pour démontrer au public indocile qu'on doit juger les œuvres musicales autrement que par la mémoire et le fredonnement.

VII

HAQUE chapitre de cette étude porte en lui-même sa conclusion et, pour tous, la conclusion est identique, sauf à l'égard de Rousseau et de d'Alembert. Ce sont, en effet, de tous les philosophes que nous avons vu s'ériger en juges souverains du goût musical au siècle dernier, les seuls qui eussent quelques notions de musique : il faut ajouter que, sans avoir composé *le Devin du village* et les *Consolations des misères de ma vie*, le célèbre encyclopédiste avait, en théorie et en science musicale, des connaissances autrement solides que l'auteur d'*Émile*.

En dehors d'eux, tous leurs amis ou ennemis — en matière musicale s'entend, — n'avaient d'autre guide, pour se prononcer sur ces questions si complexes, que leur goût propre qui était souvent assez médiocre et toujours très mobile. C'étaient eux, cependant, qui régentaient la musique, eux qui établissaient la mode, eux dont l'opinion faisait loi. Ni les uns ni les autres n'avaient plus de droits à discuter et à se prononcer sur la valeur d'une œuvre musicale que les gens du monde, beaux-esprits, amateurs, qui agitaient et tranchaient les mêmes questions dans les ruelles et les salons de Paris ou de Versailles, mais ils avaient pour eux l'autorité littéraire ou philosophique, une réputation bien assise et un esprit intarissable : plusieurs possédaient une réputation européenne. Quelle vraisemblance dès lors que des écrivains aussi considérables, aussi illustres, ne pussent pas en remontrer sur la musique même aux musiciens, et résoudre sans hésiter les problêmes artistiques les plus graves? Et ils le firent avec tout l'aplomb de l'ignorance.

« O Philosophes, prodigieux bouffons! écrivait un jour Berlioz à propos de *la Serva padrona*. Oh! les bons hommes, les dignes hommes que les hommes d'esprit de ce siècle philosophique, écrivant sur l'art musical sans en avoir le moindre sentiment, sans en posséder les notions premières, sans savoir en quoi il consiste! Je ne dis pas cela pour Rousseau qui en possédait, lui, les notions premières. Et pourtant que d'étonnantes plaisanteries ce grand écrivain a mises en circulation et auxquelles il a donné une autorité qui subsiste encore et que les axiomes du bon sens n'acquerront jamais! »

Il faut reconnaître pourtant que la plupart de ces écrivains éminents avaient pour les arts en général, — sinon pour la musique en particulier — un goût assez vif, assez réfléchi, mais auquel manquaient les assises de la science, et sujet, par conséquent, à des fluctuations, à des contradictions sans fin. Et pourtant telle était la puissance intellectuelle de ces hommes de génie ou de talent, qu'en tendant leur esprit sur des sujets qui leur étaient absolument étrangers, il n'est presque pas un d'entre eux qui n'ait émis quelque idée originale, quelque réflexion frappant juste au milieu de nombreuses et grossières erreurs. Il y avait précisément un vif intérêt à distinguer le vrai du faux dans les opinions et les théories qu'ils émettaient sur la musique avec tant d'assurance, à mettre en lumière les pensées vraiment précieuses qui se trouvaient égarées dans cet amas de paradoxes et de lieux communs.

Sans doute, Voltaire et d'Holbach ne faisaient guère que répéter les jugements d'autrui et se réglaient sur la mode du jour, sans trop s'inquiéter d'avoir une opinion propre ; mais Diderot avait un goût éclairé pour les arts, surtout pour les arts du dessin, Grimm possédait un sens critique extrêmement fin, Rousseau nourrissait une ardente passion pour la musique, Mably conservait un esprit juste et impartial dans une discussion où Cazotte apportait une fougue presque égale à celle de Rousseau, Laugier possédait autant de bon sens que de sang-froid ; d'Alembert, enfin, unissant une sérieuse connaissance des effets de l'harmonie à un esprit droit et mathématique, formulait des principes qui sont encore aussi vrais aujourd'hui qu'il y a un siècle.

C'est lui qui, par sa modération et son savoir musical, offre à nos yeux le modèle le plus élevé de la criti-

que musicale au siècle dernier, celui que nous propo-
serions volontiers aux écrivains de notre époque. C'est
pour ceux qui examinent sérieusement toute musique
sérieuse, pour ceux qui discutent sans parti pris toute
théorie sagement présentée, pour ceux auxquels il
répugne de se faire les détracteurs acharnés de toute
idée nouvelle, que nous allons transcrire ici quelques
lignes où d'Alembert exprime avec conviction des idées
très larges, très vraies et, par malheur, trop souvent
méconnues.

Ces fragments, extraits d'une lettre de lui à Rameau
et de la *Liberté de la musique*, ont un lien intime.
Tous trois en effet visent le progrès musical dont on
ne peut jamais prévoir la réalisation suprême, dont il
ne faut jamais se flatter d'avoir atteint l'apogée, ni
dénier aux génies futurs la faculté de s'élever encore
plus haut.

D'Alembert écoutait les conseils d'une sage prudence, d'une juste confiance en l'avenir, quand il
écrivait ces lignes d'une simplicité éloquente :

« .... Pour moi, Monsieur, j'ose croire que l'art ira
peut-être plus loin que vous ne pensez. L'expérience
m'a rendu circonspect sur les assertions en matière de
musique ; avant que d'avoir entendu vos opéras, je ne
croyais pas qu'on pût aller au-delà de Lully et de
Campra ; avant que d'avoir entendu la musique des
Italiens, je n'imaginais rien au-dessus de la nôtre.

» .... *Toute musique, pour peu qu'elle soit nouvelle,
demande de l'habitude pour être goûtée par le vulgaire ;*
c'est pourquoi si l'opéra français a quelque décadence
à craindre, elle n'arrivera que peu à peu, et il pourra

survivre encore à la génération qui le regrette. Qu'elle jouisse en paix de ses tranquilles plaisirs ; mais qu'elle ne prétende pas régler ceux de la génération suivante.

» .... Tel a été le triste sort d'une multitude d'hommes célèbres ; *on les insulte, on les déchire, on les tourmente de leur vivant ; on leur rend justice quand ils ne sont plus en état d'en jouir ;* rarement même, entrevoient-ils, à travers les nuages que l'envie répand autour d'eux, la justice tardive et inutile que la postérité leur prépare : LA SATIRE EST POUR LEUR PE. SONNE ET LA GLOIRE EST POUR LEUR OMBRE. »

Arrivé à la fin de cette étude, nous ne pouvons mieux faire que de mettre notre signature sous l'abri de ce grand nom Ainsi, faisons-nous en citant, sans rien ajouter, ces belles paroles que toute personne qui prétend juger, ou seulement goûter la musique, devrait avoir toujours présentes à l'esprit.

APPENDICE

~~~~~~~~~

DIDEROT MUSICIEN

'IL arrive, à la rigueur, qu'un homme comme Diderot reçoive du ciel une intelligence des plus vastes, qu'il possède l'universalité des connaissances, qu'il porte les lumières de son esprit sur tant de sujets dissemblables, qu'il laisse enfin plusieurs pages lumineuses, sur chacun de ces points divers qui eussent absorbé toute l'attention, toutes les forces mentales d'un homme moins richement doué, il est bien difficile, sinon impossible, qu'à cinquante ou cent ans de distance, un autre écrivain survienne qui possède à un assez haut degré la connaissance de toutes ces matières pour passer au crible, avec une égale sûreté, les opinions émises par son devancier sur les arts, les lettres, les sciences, pour examiner le plus ou moins de justesse de toutes ses théories et de toutes ses idées, pour appré-

cier dans l'ensemble cet œuvre si divers, si original et
à bien des égards vraiment unique. Un autre Diderot
seul pourrait juger Diderot, et il est douteux qu'il en
surgisse un de sitôt. Mais à défaut d'un génie aussi
universel, chacun peut, dans la mesure de ses forces et
en restant sagement dans sa sphère, étudier les idées
du philosophe sur un point spécial, et chercher à établir, par examen comparatif, non-seulement s'il a
constamment observé les principes immuables qui
régissent tout art comme toute science, abstraction
faite des moyens plus ou moins perfectionnés qui
varient avec les époques, mais aussi s'il fut toujours
d'accord avec lui-même de pensée et d'expression.

Et d'abord dans quels ouvrages de Diderot faut-il
rechercher ses idées sur la musique ? Outre les *Leçons
de clavecin et Principes d'harmonie*, de Bemetzrieder,
rédigés, corrigés et prônés par Diderot avec un enthousiasme exagéré, M. Assézat a aussi réuni dans ce vo-
lume* trois brochures concernant la querelle des *Bouffons*, qui n'avaient jamais été publiées dans les œuvres
de Diderot. De ces divers pamphlets qui ont paru dans
le court espace d'un mois, — M. Assézat en détermine
très bien la date, — deux étaient déjà connus pour
être de Diderot, car ils figuraient dans les manuscrits
de l'Ermitage, mais le premier, l'*Arrêt rendu à l'amphithéâtre dè l'Opéra*, avait été attribué à d'Holbach
par Naigeon, puis par Barbier, et c'est seulement dans
ces dernières années que M. Poulet-Malassis établit
d'une manière très positive que cet *Arrêt* avait bien la
même origine ** : ce n'est ni une grande perte pour
d'Holbach, ni un grand bénéfice pour Diderot.

---

* *Œuvres complètes de Diderot*, revues sur les éditions originales,
comprenant ce qui a été publié à diverses époques et les manuscrits
inédits conservés à la bibliothèque de l'Ermitage. Tome XII : *Musique.*
Édition publiée par J. Assézat, in-8°. Paris, Garnier frères, 1876.

** *La Querelle des Bouffons*. Paris, Baur, 1876.

Il était utile de recueillir ces brochures, mais il ne faut pas leur attribuer plus d'importance qu'elles n'en devaient avoir dans la pensée même de l'écrivain. Ce sont de simples pamphlets fantaisistes et allégoriques, comme cette querelle musicale en fit tant éclore, — le dernier même est incompréhensible pour qui n'a pas *le Petit Prophète* de Grimm très présent à la mémoire ; — œuvres de moquerie plus que de savoir ou de raison, et où l'on cherchait bien moins à convaincre son adversaire qu'à le railler pour faire rire la galerie : nul argument sérieux, nul raisonnement suivi dans ces feuilles écloses au jour le jour, mais un style assez lourd à force de prétentions à la gaieté, puis une grande recherche d'esprit et non du meilleur.

M. Assézat a si bien discerné la pauvreté de ces libelles qu'il cherche à décharger Diderot de celui que M. Malassis lui a attribué à la suite d'une découverte inespérée. Ne retrouvant pas dans l'*Arrêt rendu à l'amphithéâtre de l'Opéra* « la marque que Diderot met habituellement à tout ce qu'il touche, » M. Assézat penche à croire que cet *Arrêt* serait l'œuvre collective de Grimm, de d'Holbach, de d'Alembert et de Diderot, pamphlet rédigé après boire en sortant de l'Opéra ; que le dernier des quatre amis aurait tenu la plume comme secrétaire plutôt que comme auteur ; qu'il aurait porté ensuite cette facétie à l'imprimerie et l'aurait lancée dans le public sans plus s'en inquiéter jamais. Cette supposition purement gratuite est de celles qu'on ne peut ni approuver, ni discuter parce qu'elles ne sont confirmées, ni contredites par rien de positif ; mais elle prouve au moins qu'aux yeux mêmes de l'annotateur cette brochure est d'un assez mince intérêt.

Il faut aller au-delà et oser dire que l'auteur unique ou multiple de cette brochure s'est laissé entraîner plus loin que de raison par son ardeur imprudente à défendre le « coin de la reine » contre le « coin du roi, »

c'est-à-dire la musique italienne contre la française.
Par un procédé habituel aux gens qui, n'ayant pas les
connaissances techniques nécessaires pour se prononcer sciemment sur une création artistique, transportent la question sur quelque autre terrain où ils pensent être plus à l'aise et parlent littérature ou peinture
pour juger la musique, musique ou littérature pour
juger la peinture, l'auteur présumé de cet *Arrêt* n'a
pas manqué de pourfendre le champion de l'école française par une prétendue analogie avec des œuvres
purement littéraires, et il écrit bravement : « Louons
publiquement l'ingénieux parallèle du jeune avocat
entre *Armide* et *la Dona superba*, et lui enjoignons de
faire (et ce dans l'espace de deux mois) le parallèle du
Médecin malgré lui et de *Polyeucte*, et en outre celui
de *Pourceaugnac* avec *Athalie*, le tout afin de prouver
que les farces de Molière sont mauvaises, parce que les
tragédies de Corneille et de Racine sont bonnes. »
Cela revenait à dire que *la Dona superba* était un chef-
d'œuvre au moins égal à l'*Armide* de Lulli, et que cette
pièce de genre léger valait en musique les comédies de
Molière en littérature. Que reste-t-il donc aujourd'hui
de cette création incomparable, de cet intermède qui
contribua pour une bonne part à l'exaltation de la
musique italienne ? pas un air, pas même un nom
d'auteur ; tandis qu'*Armide* est encore en musique un
chef-d'œuvre aussi incontesté qu'*Athalie* et que *Polyeucte*. Jamais simple phrase lancée à l'aventure n'a
mieux prouvé l'inanité des jugements rendus par les
Philosophes ni mieux montré combien le hasard et le
caprice les guidaient dans leurs préférences.

Or, c'est provoquer toujours de pareils démentis de
la part de la postérité que d'appliquer à l'art des sons
cette méthode critique, dont M. Assézat fait un mérite
aux Philosophes, et suivant laquelle « il vaut mieux,
dit-il, juger la musique d'après les sensations que

d'après les théories, et convenir, une fois pour toutes, que le plaisir que la musique procure est surtout une affaire d'habitude et d'éducation, et que ses effets dépendent de nous bien plus que d'elle. » Cette appréciation du procédé critique de Grimm, Rousseau et leurs amis n'est pas tout à fait exacte, car les partisans mêmes de la musique italienne jugeaient bien moins d'après leurs sensations que d'après des théories très arrêtées dans leur esprit. Et ensuite le mieux est de ne juger ni d'après les sensations, ni d'après les théories, mais avec un savoir réel et d'après des principes qui n'ont jamais varié depuis deux siècles, qui n'ont jamais trompé pour discerner les véritables chefs-d'œuvre des ouvrages souvent les plus applaudis à leur apparition, mais destinés à une mort certaine, bien que plus ou moins rapprochée, alors même que les chefs-d'œuvre étaient signés d'auteurs mis en rivalité par la force des choses, mais assurés par leur génie de survivre à toute vaine polémique : de Gluck ou de Piccinni, de Sacchini ou de Salieri, de Rossini ou de Meyerbeer, de Berlioz ou de Richard Wagner. M. Assézat se trompe en disant que « c'est surtout à propos de musique qu'on ne saura jamais ce qui est de toute beauté et ce qui n'est beau que par comparaison et dans un moment donné ; » et la question n'est plus, comme il paraît le croire, de savoir « qui doit prétendre à nous charmer le plus, de Rossini ou de Wagner ? de la musique du passé ou de celle de l'avenir ? » car du moment qu'on réduit la musique au rôle de plaire simplement et de charmer l'oreille, on est assuré de s'égarer bientôt et de commettre bévues sur erreurs.

De même, lorsqu'on veut discerner, à un siècle de distance, la valeur des arguments employés dans cette grande querelle musicale et le mérite des hommes qui les lancèrent, ce travail n'est pas aussi inutile que M. Assézat voudrait le faire croire, en assurant que ce procédé donnerait de bons résultats seulement s'il était démontré que le temps où l'on vit et où l'on écrit est supérieur au temps dont on parle. A supposer cette objection valable, elle ne s'appliquerait pas seulement à la musique, mais à toutes les branches de l'intelligence humaine, à toutes les créations du cerveau des hommes : n'est-ce pas, en somme, le lot de la postérité de remettre toute chose en sa place, et lorsque des écrivains de nos jours cherchent à discerner le plus ou moins de mérite de chacun de ces juges improvisés en matière musicale, ils ne sont en quelque sorte que les greffiers de la postérité. Ils ne s'appuient pas sur une prétendue supériorité de leur temps comparé aux époques antérieures; bien plus, ce ne sont pas eux qui jugent ces grands esprits d'il y a un siècle, ce sont ceux-ci qui se jugent eux-mêmes par leurs propres écrits ; car il suffit de voir à quelle hauteur sont encore les admirables créations de Lulli et de Rameau, dans quel profond oubli gisent les prétendus chefs-d'œuvre qu'on opposait à ces maîtres, pour voir de quel côté était la vérité, la vérité qui n'est pas seulement « une phase de la mode, » comme dit M. Assézat, mais bien « le fait définitif. » Et elle n'était pas du côté des juges par sensation, non plus qu'elle n'y sera jamais. Il est à l'honneur de Diderot d'avoir précisément gardé une certaine réserve sur des questions où ses amis, Grimm tout le premier, se prononçaient du ton le plus tranchant, de s'être en quelque sorte défié de ses préférences instinctives et d'avoir gardé autant que possible une sorte de neutralité : M. Assézat lui en fait justement mérite, et je crois l'avoir constaté aussi à son avantage dans un travail plus développé que celui-ci, tout en insistant sur les hésitations et les contradictions involontaires, résultats forcés de cette sage retenue.

Cependant, M. Assézat, qui veut bien s'appuyer sur mon jugement pour établir les connaissances solides de d'Alembert en théorie et en science musicales, s'élève contre la supériorité scientifique que j'attribue à Rousseau, surtout à d'Alembert, et se demande si quand il s'agit de cinq hommes qui se voient tous les jours, comme le faisaient alors Grimm, Diderot, d'Alembert, d'Holbach et Rousseau, les opinions de deux d'entre eux étant données comme valables et raisonnées, celles des trois autres peuvent être déclarées sans valeur, alors que l'opinion du groupe est une. Il faut d'abord observer qu'il se produisait fréquemment des divergences capitales d'opinions entre ces cinq amis, dont l'unité de vues en musique était le moindre souci ; et puis ne voit-on pas très souvent, même de nos jours, des personnes d'avis à peu près semblable s'exprimer de telle façon que celle-ci paraît contredire celle-là ? C'est tout justement dans cette traduction de la pensée par la parole que ceux qui connaissent à fond leur sujet se distinguent, par la netteté de leur raisonnement, de ceux qui reflètent simplement l'opinion du groupe et qui l'expriment souvent d'une façon défectueuse, — bien heureux qu'ils sont lorsqu'ils ne disent pas le contraire de leur pensée, en la faussant par de trop belles phrases ou par des exemples absolument contraires : témoin la phrase citée plus haut de *l'Arrêt rendu à l'amphithéâtre de l'Opéra* *.

---

* Cette dissertation de M. Assézat me rappelle involontairement certaine réception solennelle à l'Académie française où la musique fut traitée sans plus de façon. A la séance du jeudi 11 mars 1875, M. Camille Rousset, recevant M. Caro en remplacement de M. Vitet, s'exprimait en ces termes sur le compte de M. Vitet, amateur de musique et critique d'art : « Il faut une exquise sensibilité, une rare délicatesse, pour prendre dans les arts, de l'aveu des plus grands artistes, l'autorité que M. Vitet y avait prise. Le salon de Rossini, jusqu'au dernier jour, n'a pas eu d'hôte plus honoré ni plus intime, et Meyerbeer ne venait pas une seule fois à Paris qu'il n'essayât, pour une soirée au moins, de disputer à son illustre rival la compagnie d'un tel juge. Passionné pour la musique, M. Vitet avait appris d'un neveu de Méhul l'harmonie et la composition, et reçu de Boïeldieu des

Ces observations générales s'appliquent aussi bien à Diderot qu'à ses confrères en philosophie et en belles-lettres, au moins à ne juger que ces trois brochures de combat. Mais il s'élève singulièrement lorsqu'il écrit de sens rassis, dix ans plus tard, son *Neveu de Rameau*, cette admirable satire de mœurs, dans laquelle il faudra toujours aller chercher son dernier mot sur la musique ; car cette œuvre-là n'est plus seulement un

conseils. Des essais, connus de quelques amis de sa jeunesse, ont prouvé qu'il savait unir l'inspiration à la science ; ceux qui ont eu l'heureuse et rare fortune de le surprendre assis devant un piano peuvent attester qu'à ce double élément des œuvres mélodiques il savait ajouter l'émotion qui les anime et l'expression qui les achève. Familier avec les chefs-d'œuvre des maîtres, habile à lire une partition, à suivre l'orchestre dans tous les détails comme à le saisir d'un coup d'œil, il portait en connaissance de cause des jugements respectés ; on peut dire que ses articles du *Globe* ont fondé en France la critique musicale. » — S'il n'était bien connu que les périodes cadencées des discours académiques sont souvent vides de sens, on pourrait demander à l'écrivain ce que signifie tout ce paragraphe et surtout la partie du milieu, avec ce singulier amalgame d'inspiration et de science, d'émotion et d'expression. En sa qualité d'historien, M. Rousset croit, sans doute, qu'il suffit d'assembler des mots pour traiter les questions musicales, mais lui-même serait fort scandalisé si un musicien s'avisait de parler histoire comme il parle musique. Si grande que soit la latitude laissée aux éloges académiques, il est dans celui-ci des exagérations inadmissibles. M. Vitet connaisssait très superficiellement la musique, cela se voit clairement dans tous ses écrits, et il la jugeait simplement en amateur plus ou moins éclairé. Parmi tant d'articles qui pouvaient paraître audacieux autrefois, celui-là surtout semble bien timide aujourd'hui, où il se demande, avec une anxiété qui ne laisse aucun doute sur sa réponse négative, si l'on pourra jamais pousser les développements et les complications symphoniques plus loin que Rossini ne l'a fait dans *Semiramide* et dans *le Siège de Corinthe*. Il est faux d'attribuer à M. Vitet le mérite d'avoir créé la critique musicale en France. La critique sérieuse n'a existé chez nous que du jour où les questions et les œuvres musicales ont été traitées par des gens sachant bien la musique, c'est-à-dire par Castil-Blaze et surtout par Fétis ; mais M. Vitet, causant musique en homme d'un goût plus ou moins délicat, ne faisait que suivre l'exemple de Suard, de Grimm et de tant d'autres écrivains littéraires qui jugeaient la musique avec la même autorité. — Tel M. Rousset parlant des choses de la musique en historien, tel M. Assézat en dissertant en philosophe-homme de lettres.

libelle agressif, écrit pour les besoins d'une lutte quotidienne, c'est un livre réfléchi dans lequel l'écrivain, l'esprit calmé par dix ans de trève musicale, a mûrement pesé ce qu'il voulait dire et l'a exprimé sans se laisser entraîner à aucune violence inattendue de langage, à aucun excès involontaire d'opinion. Si l'on veut absolument compléter les jugements sur la musique portés par lui dans ce chef-d'œuvre, il faut se reporter surtout à certain entretien sur *le Fils naturel*, dans lequel il explique en excellents termes les deux styles qui existent, à son avis, en musique : l'un simple, l'autre figuré, tous deux propres à enflammer l'imagination du musicien, « de ce musicien, dit-il, qui a le génie de son art et qui ne sait pas seulement enfiler des modulations et combiner des notes. » La distinction, déjà juste il y a un siècle, l'est devenue bien davantage à notre époque, où l'on prend si souvent le savoir pour le génie, et la simple formule scolastique pour l'inspiration.

Si remarquable que soit cet ouvrage, il ne faut pas le croire parfait de tout point, et il ne faut demander à Diderot que ce qu'il pouvait donner dans un art où il se guidait d'instinct. Ce qu'on y peut admirer sans réserve, c'est l'originalité de ses vues, c'est la justesse de ses pensées sur le chant et la déclamation dans l'opéra, et aussi sur la poésie lyrique, toutes théories appuyées d'un éloge exagéré de Duni et d'une dépréciation excessive du grand Rameau. Il est bien vrai, comme le remarque M. Assézat, que « la musique n'est là que ce que Diderot demande aux peintres et cherche dans les tableaux un peu compliqués : la ligne qui mène d'un groupe à l'autre, les relie et produit l'unité du tout ; » mais si restreinte que soit cette façon d'envisager l'art musical, elle n'est pas moins profitable entre les mains de Diderot, qui, en se servant d'une figure

26

toute géométrique, n'en explique que plus clairement la différence qu'il établit entre le chant et le récitatif, comme les qualités qu'il exige de ces deux éléments de la musique vocale.

Le fragment du *Neveu de Rameau*, cité à la page 158, répond péremptoirement à une question de M. Assézat, qui se demande « pourquoi l'on reconnaîtrait l'opinion de Diderot dans ce que dit Rameau le neveu plutôt que dans ce qu'il dit lui-même. » Je crois d'abord que dans les livres de ce genre, et à moins de déclaration formelle, il faut chercher l'opinion de l'auteur également des deux parts ; mais ici notamment cette théorie de la ligne, la théorie capitale du livre, est bien propre à Diderot, et pourtant c'est le neveu qui l'expose et la défend contre les objections de l'auteur. Cela suffit à prouver qu'il faut, comme je l'ai fait, chercher l'opinion vraie de Diderot, au moins pour moitié, dans ce que dit le neveu. Et si celui-ci attaque plus vivement les maîtres de l'école française, Rameau en particulier, que ne le fait Diderot lui-même, ce n'est pas à dire que Diderot les estimât davantage ; cela prouve simplement qu'il ne se croyait pas assez sûr de son fait pour les attaquer ouvertement, — et cette réserve est encore à son éloge.

Un autre exemple de cette prudence de Diderot est qu'il ne prit pas parti dans la seconde guerre musicale, celle des Gluckistes et des Piccinnistes ; et bien fit-il, car s'il avait suivi une seconde fois le drapeau de Grimm, il aurait encore été infailliblement battu, et il n'aurait certainement pas vu plus clair dans cette nouvelle querelle de mots que dans la précédente. Il y a en effet cette différence capitale entre les deux guerres musicales du siècle dernier, qu'il y avait bien hostilité réelle entre l'école française et l'école italienne lors de la querelle des *Bouffons,* tandis que le parti de Gluck et celui de Piccinni combattaient pour une même cause, celle de la vérité de l'expression dramatique. Piccinni se fit le disciple de Gluck avant de devenir son rival, et s'il essaya de le battre, ce fut avec ses propres armes. Il avait en réalité un génie remarquable, un génie tel, qu'il fallait être Gluck pour le terrasser ; et si celui-ci a obtenu la victoire définitive, son rival s'est souvent élevé à sa hauteur, et il est certaines pages de Piccinni, notamment dans *Iphigénie en Tauride*, qu'on jurerait être de Gluck. Voilà ce que les philosophes et les beaux esprits du siècle dernier n'ont pas voulu voir dans leur humeur batailleuse ; voilà ce que la postérité, aveuglée par leurs louanges et leurs critiques de parti pris, n'a pas encore su discerner, mais voilà ce qu'ont clairement vu tous ceux qui, sans juger des œuvres par les appréciations des contemporains, les ont étudiées de près et ont découvert dans le rival de Gluck, si souvent bafoué et méconnu, un compositeur de premier ordre.

Diderot eut donc raison de ne se pas compromettre dans cette discussion délicate où son ami Grimm apporta une allure si cassante. Il faut lui savoir gré de s'être tenu sagement à l'écart, comme de s'être montré relativement modéré dans la première querelle et d'y avoir pris le rôle de conciliateur si peu d'accord pourtant avec son tempérament. Alors même que Grimm le pressait de lui venir en aide, il hésita longtemps à prendre position, et lorsqu'il le fit il commença par garder une réserve et par affecter une neutralité qu'il aurait dû toujours conserver. Comment, vingt ans plus tard, pouvait-il encore écrire cette phrase dédaigneuse à l'adresse de Rameau pour exalter le savoir et l'ouvrage de Bemetzrieder : « J'ai étudié la composition sous le grand Rameau, sous Philidor, sous Blainville, et ces habiles maîtres ne m'ont rien appris. J'ai lu presque tous les ouvrages qui ont paru sur la théorie et la pratique de l'art musical, et ils ne m'ont rien appris. » Il apprendra tout cela avec Bemetzrieder, mais il aurait pu apprendre aussi quelle énorme distance séparait Blainville de Philidor et surtout de Rameau, Blainville, ce faux savant qu'il qualifie « d'habile maître » sous la seule caution de Rousseau.

TABLE DES MATIÈRES

MARIE-ANTOINETTE MUSICIENNE

LA MUSIQUE ET LES PHILOSOPHES

APPENDICE

ACHEVÉ D'IMPRIMER

SUR LES PRESSES DE

CH. BLIND, IMPRIMEUR

A DOLE-DU-JURA

le 15 juin 1881

POUR

ÉDOUARD ROUVEYRE

LIBRAIRE-ÉDITEUR

A PARIS

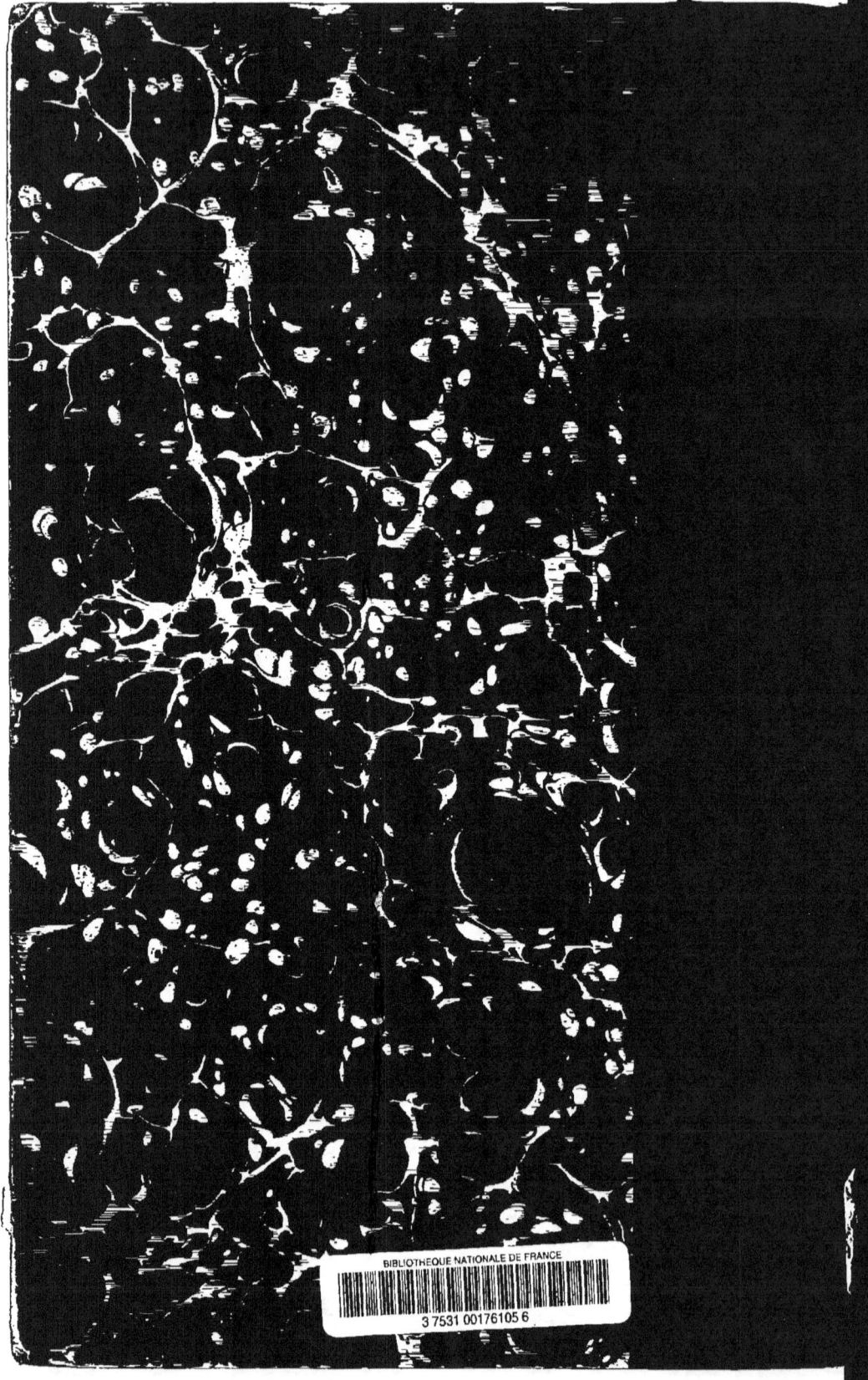